KB173448

애매해도 살 만합니다

엄마는 카페에
때수건을 팔라고 하셨어

엄마는 카페에 때수건을 팔라고 하셨어

지베르니

따스하고 서럽게 반짝이는 카페 일지

'읍'이라 불리는 마을에 작은 카페가 있다. 여덟 평 남짓한 그 공간에 단골손님 몇 명과 함께하는 독서 모임을 만들었을 때, 카페지기는 책방지기를 겸하게 되었다. 여기까지만 쓰면 따뜻한 판타지가 있는 소박한 픽션이 되었을 것이다. 하지만 현실 세상에선 코로나 팬데믹이 일어났고 엄격한 사회적 거리두기가 이어졌으며, 손님들을 위해 비축해둔 신선한 원두와 밀크티, 베이커리 재료는 유통기한이 지날 때까지 다 소진되지 못했다.

카페지기이자 책방지기인 그이는 언제 다시 열릴지 모를 가게에 앉아 인터넷 공간에 일지 같은 글을 쓰기 시작했다. 오로지 '버티기' 위해서. 안정적인 회사 생활을 그만두고 마음이 원하는 일, 꿈꿀 수 있는 일을 하고 싶어 북카페를 열었지만, 막막한 바다를 조각배로 표류하는 듯한 울렁임이 끊이지 않는다. 그럼에도 그이를 버티게 해주는 찰나의 반짝임들이 있다. 물결에 햇살이 비쳐 눈부시게 반짝이는 윤슬처럼, 예상하지 못했던 곳에서 고마운 힘이 되어준 사람들과의 이야기가 때로는 웃게 하고, 때로는 코끝을 찡하게도 만든다.

'딸이 오늘은 몇 잔의 커피를 팔았을까?' 걱정하지 않는 척 아무렇지 않게 커피 손님으로 찾아온 그이의 어머니는 재봉틀로 손수 만든 마스크와 때수건을 카페에서 팔아보라며 농담처럼 건네고 간다. '마스크와 때수건이라니, 이걸 왜 카페에서 팔아? 그럴 수는 없어!' 절대 내놓지 않는 딸이지만, 나는 그 대목을 읽으며 이 카페에 그걸 사러 가고 싶다고 진심으로 생각했다. 그이의 카페에 앉아 추천 메뉴 밀크티를 마시고, 커피는 테이크아웃으로, 그리고 한쪽 창가에 놓인 재봉틀로 만든 마스크와 때수건을 가리키며 "이건 얼마인가요?" 묻고 싶다고.

이 고단한 시절을 버티는 이들과 같이 기운 차리며 읽고 싶은, 서러움을 따뜻하게 품어내는 글이었다. 스스로를 포장하지 않는 솔직함 때문일까, 읽는 동안 이 책의 저자와 친구가 된 기분이 들었다. 올해가 가기 전 나는 그이의 북카페에 꼭 들러보리라 생각한다. 아마도 남쪽 땅 어딘가 있을 '읍'이라 불리는 그 마을에.

_ 이도우 작가, 『날씨가 좋으면 찾아가겠어요』

현실과 이상, 그 중간 어디쯤

누구나 퍽퍽한 현실을 벗어나고 싶어서 꿈을 꾼다. 그 꿈이 현실이 되면 또 그 현실을 벗어나고 싶어 할 걸 어렴풋이 알면서도 눈앞에 닥친 현실만 벗어나면 정말 세상에 바랄 게 없을 거라는 기분 좋은 상상을 한다. 안타깝게도 우리가 꿈꾸는 그런 이상적인 상황은 거의 없다. 꿈이 현실이 되면 새로운 문제와 어려움에 닿기 때문이다.

하지만 애매한 씨는 현실과 이상의 중간 그 어디쯤에서 약간은 이상 쪽에 다가가 있는 것 같다. 그건 시행착오 속에서도 의미를 찾으려는 그의 삶에 대한 태도와 어쩌면 애매하다고 할 수 있는 이상에의 접근 방식이 한몫한다. 그리고 더불어 애매하고 어색하지만 그 나름의 방식으로 사람들과 교감하면서 좀 더 이상 쪽에 가까워진 듯하다.

누구든 꿈에 접근할 수 있지만 현실 자체가 꿈일 수는 없다. 이 말은 누구나 애매하게 꿈에 다가서 있다는 말이다. 이 중간 어디쯤에서 어느 쪽으로 기울지는 본인만의 해법을 찾아야 한다. 그런 의미에서 애매한 씨의 하루하루는 애매하게도 이상적이다. 수 없이 고민하고 좌절하고 있는 세상의 많은 애매한 이들에게 더없이 이상적인 길을 가고 있는 그가, 애매함에 발가락을 담그고 있는 나 또한 부럽다!

글을 읽는 내내 하루하루의 발전과 소소한 행복이 느껴졌다. 어려운 시기를 살아가고 있는 많은 분들이 애매한 씨의 글을 읽고 용기를 가지길 기대해본다.

_ 박훌륭 작가, 『약국 안 책방』

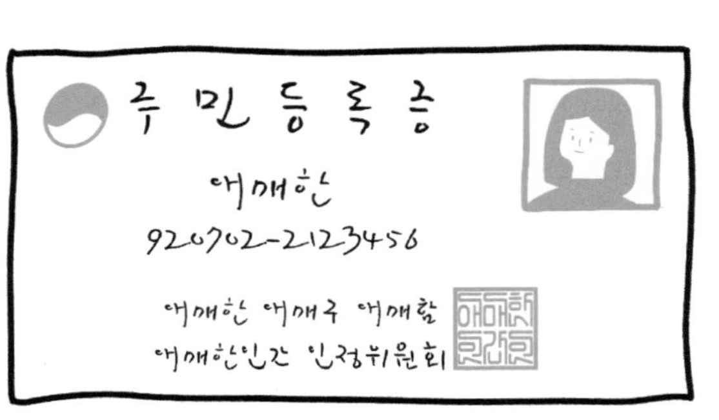
주민등록증
애매한
920702-2123456
애매한 애매구 애매함
애매한인간 인정위원회

카페 문 열었습니다

세상에 나고 자라면서 제일 많이 듣는 질문 중 하나는, 단연코 "꿈이 뭐예요?"일 것이다. 어릴 적 장래희망은 툭하면 바뀌곤 했는데, 주로 어른들이 좋다고 말하는 것으로 바뀌었다. 선생님, 간호사, 판사, 변호사 등등. 그러다 어느 순간 장래희망을 말하기 부끄러워졌다. 뭔가를 시도하기도 전에 시도 때도 없이 바뀌어버리니, 나 자신도 확신할 수 없었기 때문이다.

엄마는 딸이 뭐라도 될 줄 알고, 힘들게 모은 돈을 온갖 학원에 때려 부었다. 태권도, 피아노, 미술, 논술까지…. 몸으로 하는 건 영 꽝이었는데 그나마 그림은 잘 맞았다. 미술학원을 다니면서 그림대회에서 두어 번 상을 받았다. 그러나 최고상인 대상은 한 번도 없었다. 은연중에 시인이 되고 싶은 엄마의 영향을 받았을까, 교내 독서감상문 대회에서 우수상을 받았다. 그러나 교외에서는 한 번도 큰 상을 받은 적이 없었다. 요리를 꽤 잘하는가 싶었는데, 4인분 이상은 만들지 못했다. 왜 특출나게 잘하는 게 하나도 없는 걸까? 왜 뭐든 애매하게 해내는 걸까?

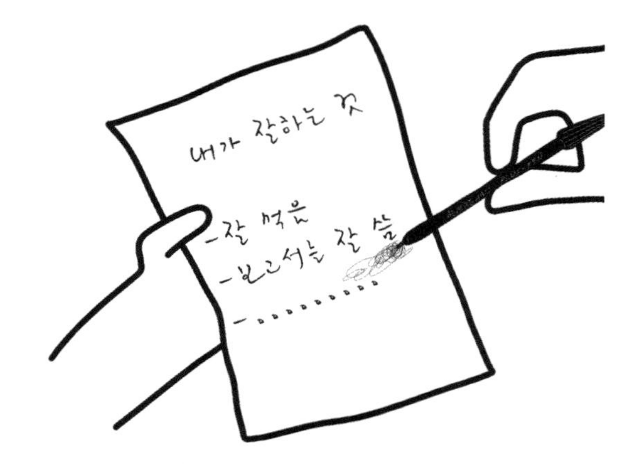

그 후로 누군가 “꿈이 뭐예요?”라고 물으면, “평범한 사람이요”라고 대답했다. 대학교를 졸업하고, 회사에 입사하고, 정해진 순서처럼 ‘평범하게’ 살다 보니 장래희망을 묻는 사람도 없어졌다. 별 탈 없이 정년까지 회사를 다니는 게 이 ‘평범한’ 인생의 종착역이었다. 그러나 아이러니하게도 여느 다른 ‘평범한’ 사람들처럼 오래 버티지 못한 채 애매한 인간이 됐다.

무엇을 할지 결정하지 않은 채로 사직서를 냈다. 지금 생각해 보면 참 무대포에다 대책 없어 보이지만, 무작정 북카페를 차렸다. 그게 가진 돈과 재능이 애매하기만 한 내가 할 수 있는 일이라 여겼다. 그리고 생각했다. ‘장사가 너무 잘되면 어떡하지? 혼자서 일하기 힘들 텐데. 아! 바리스타 자격증을 갖고 있는 우리 엄마도 고용해야지!’라고. 하지만 일을 저지르고 나서야 ‘경기는 좋은 날이 없다'던 사람들의 말을 온몸으로 체감했다.

애매한 나는 시장경쟁에서 밀렸다. 저가 프랜차이즈, 뷰가 끝내주게 좋거나 베이커리가 맛있는 카페들 등 인지도가 있거나 개성이 강한 카페에 밀려 '애매한 카페'는 정신을 못 차렸다. 길가에 나부끼는 '임대 문의' 종이를 이제 내 가게에 붙여야 할 때가 왔나 보다. 그런데 폐업에도 돈이 필요하더라! 철거부터 원상복구까지, 남은 임대차계약기간의 월세와 위약금까지 그 모든 걸 감당하기는 버거웠다. 나는 울며 겨자 먹기로 '버티기'로 돌입했다. 다만, 남아도는 시간이 아까워 단골손님 몇을 구슬려 독서모임을 시작했다. 손님들과 영어 공부도 했다가, 홈트레이닝도 하면서 남은 임대차계약기간을 채웠다.

그리고 현재. 나는 임대차갱신계약을 했다. 장사가 잘 된 건 아니었다. 상권이라고는 없는 마을 '읍' 골목에 위치한 데다 여덟 평짜리 작은 카페. 내비게이션을 찍어도 제대로 찾아오는 손님들이 없는 그런 이상 모호한 곳에 위치하고 있는 카페의 영업실적은 뻔한 거였다. 그럼 무언가 변했을까? 아니, 나는 여전히 애매한 상태로 남아있다. 3년의 경력이 우습게 전문 바리스타 같지도 않고, 사장님이라고 부를만한 경영능력도 없다. 누군가 내게 빈 이력서 양식을 준다면, 3년 전과 단 한 줄의 차이도 없을 것이다. 하지만 조금만 힘을 주면 힘없이 구겨져 버리는 이력서 따위에 쓸 수 없는 것들이 생겨났다.

사실 '애매하다'는 단어는 정말이지, 너무나도 부정적인 뉘앙

스를 띄고 있다. 사전만 찾아봐도 '희미하여 분명하지 아니하다'라고 하거나, '확실하지 못하다' '이것인지 저것인지 명확하지 못하다'라고 적혀 있는데 말미가 모두 '아니'고, '못하다'다. 그래서일까, 나는 나 자신을 참으로 못미더워했다. 끊임없이 타인과 비교하며 애매한 나의 위치만 공고히 했다. 쉴 새 없이 다른 사람과 비교하며 애매한 나를 부정했다. 그런데 말이지, 정말로 '애매한' 게 안 좋은 걸까? 부정적이기만 할까? 애매하면 뭐든 '아니'고 '못하'는 걸까?

이 책은 변화의 기록이다. 애매한 나의 변화, 애매한 인간이 운영한 카페의 변화, 그리고 삶을 살아가는 방식과 시선의 변화다. 애매모호한 나 자신에 대한 실망, 그리고 선택과 후회를 일삼던 지난날을 벗어나는 탈태의 기록이다. '애매하다'라는 단어의 정의가 더 이상 '아니'고, '못하다'는 게 아니라 '뭐긴 뭐더라'라는 개념 재정의의 기록이다.

카페 사장 3년차, 금방이라도 폐업할 것처럼 아슬아슬했던 카페는 많은 것이 달라졌다. 단순히 커피를 파는 장소에서, 책과 문화가 함께하는 곳으로 변했다. 손님들과 독서모임을 하기 시작하고, 취미를 나누게 됐다. 이제 더 이상 손님들을 손님이라 부르지 않고, '친구'라고 부르기도 한다. 친구들은 나를 '카페사장님' 또는 '책방지기'라고 부른다. 애매한 공간을 소중하다고 말해주는 친구들이 있다. 뭐든 애매하기만 한 나의 '애매한 감'을 믿어보라고 말해주는 엄마, 아빠가 있다. 그리고 이 애매한 공간을 사랑해주는 이웃 친구들이 있다.

그런 그들이 있기에 애매한 '나', 그리고 나를 닮은 이 애매한 공간마저 사랑하게 됐다. 그래서 변했다. 나도, 이 공간도, 내 시간도, 내 삶도. 그러니 이제 당당히 말할 수 있다. 가진 것, 할 수 있는 것이 모두 애매하기만 하지만. 뭐, 애매한 것도 괜찮잖아?

마치 카페에 때수건이 있는 것처럼.

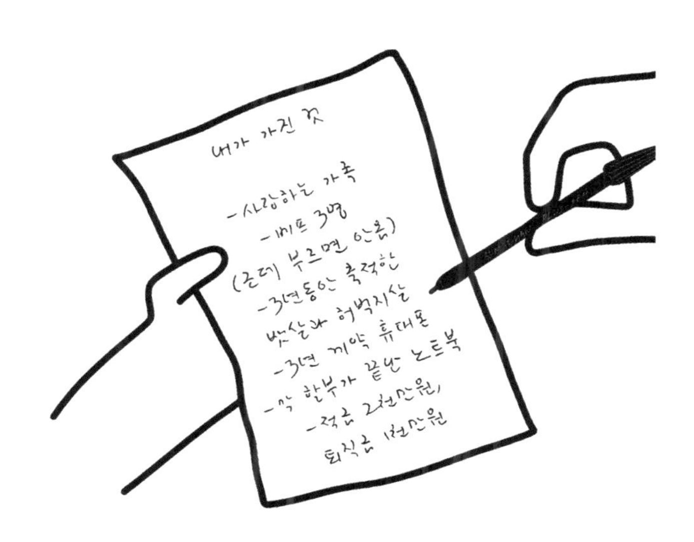

차례

2장

애매한 카페 사장, 하루에도 수십 번 울고 웃습니다

3장

직장인 vs 카페 사장, 비교 불가합니다

4장

애틋하고 아련한 그 이름. 친구, 그리고 가족

제 1장

애매한 인간, 결국 카페를 차렸습니다

1.

퇴사를
결심하고 1

한창 취업을 준비하다 몇 번의 낙방 끝에 남들이 부러워할 만한 공공기관에 정규직으로 입사했을 때, 엄마는 동네방네 소문을 내며 밥을 사고 다녔다. 아빠는 무심한 척 은근히 사무실에 딸 자랑을 흘렸다. 오직 취업을 위해 고생한 시간들이 있었지만 다 보잘것없게 느껴질 만큼 행복했다. 그런데 왜 그 행복은 스쳐 지나가는 찰나에 불과했을까? 입사 이후 퇴직하기까지의 시간들을 되짚어본다.

첫 3개월은 정신없이 힘들게 지나갔다. 분위기에 적응하고, 업무를 익히는 데 모든 에너지를 다 썼다. 오로지 집과 회사만을 오가는 일상 속에 퇴근 후 집에 돌아오면 실신하기 일쑤였다.

입사 1년 차가 되자 하나의 프로젝트를 온전히 담당하게 됐다. 처음 해보는 업무여서 책임감에 버거웠다. 그렇지만 내 손으로 예산을 편성하고, 사업을 기획해 운영한다니 신기했다. 나 자신이 참 대견했다. 시간이 흘러 후배와 인턴들이 들어왔다. 가끔은 잔소리도 하고, 맛있는 음식도 사주며 선배로서 행복감을 느꼈다. 스스로 조직생활에 완벽하게 적응했다고 생각했다.

입사 3년 차가 되자 자기주장이 강해졌다. 중요한 업무를 많이 맡게 되자, 팀장님과 자주 부딪혔다. 똘똘 뭉친 애사심을 갖고 열심히 일하고 열심히 부딪쳤다. 회사에 알맞은 하나의 조각이 되기 위해 피할 수 없는 과정이었다. 모난 돌이 둥근 돌이 되어가는 중이었다. 그 과정은 너무 아파서 견디기 힘들었다. 온몸을 조각칼로 깎아대는데 어떻게 안 아플 수가 있을까? 나는 아픔에 예민한 사람이 됐다. 그러다 보니 자연스럽게 새로운 후배와 인턴들에게 거리를 뒀다. 팀장님, 과장님과도 공과 사를 구분하기로 결심했다. 혼자 잘해주고 혼자 상처 받는 게 너무나 두려웠다.

그 즈음이었을까? 새로 온 인턴은 눈에 차지 않았다. 인턴은 싫은 내색을 숨김없이 표정으로 드러내며 표정 관리를 하지 못했다. 인턴으로 왔는데 일을 시키는 내가 나쁘게 보였을 테고, 심지어 잡무를 줬으니 확실히 나쁜 년이었을 테다. 이내 그 인턴이 내 험담을 하고 다닌다는 사실을 알게 됐다. '나도 팀장님 욕하는데 쟤도 할 수 있지' 하고 넘어갔다. 인턴은 곧 나갈 사람이고, 그녀가 날 미워한들 회사생활에 영향이 있지도 않았다. 나를 싫어하는 사람이 있다는 사실이 가슴 아프긴 하지만 그 이상도 그 이하도 아니었다. 그렇다, 그녀의 감정은 중요하지 않았다. 오롯이 나만이 중요했다. 내가 살기에 바빴다. 시간이 어느 정도 흐르고 나서 우연히, 정말 우연히 그녀의 블로그에 접속하게 됐다. 아니, 휴대전화 번호만 있으면 왜 그 사람의 블로그며 페이스북을 자동으로 알게 되는 걸까? 여하튼 우연히 인턴의 블로그에 들어갔는데 거기서 하나의 글을 발견했다.

'그 사람은 나에 대해서 잘 알지도 못하면서 왜 나를 미워하는 거지? 그 사람이 나에 대해서 도대체 뭘 알까?'

그녀의 감정은 중요하지 않다고 생각했는데, 생각보다 나는 이 글에 큰 상처를 받았다. 나도 모르는 새 인턴에게 상처를 줬다는 사실에 가슴 아팠다. 꼰대 짓을 안 하는 좋은 선배라고 생각했는데 그 반대였다. '저 사람처럼 되지 말아야지' 했는데 그 사람이 되어 있었다. 회사에 다니며 스며들듯 '갑질'에 익숙해진 내 자신이 무서워졌다. 지금까지 경력을 쌓아온 게 아니라, 불필요한 나쁜 마음가짐을 축적해오고 있었다. 더 이상 상처를 주기도, 받기도 싫었다. 모난 돌을 둥근 돌로 바꾸고 싶지도 않았다.

난 다음날 사직서를 냈다(feat. 이제 뭐해 먹고 살지?).

이직할 곳도, 해야 할 것도 정하지 않은 충동적 퇴사, 제일 바보 같은 퇴사를 하고 말았다. 퇴사 후 제일 먼저 한 일은 1분, 3분, 5분 단위로 맞춰둔 알람 14개를 모두 끄는 것이었다. 느지막이 일어나 회사 홈페이지와 메일함에 접속하니 아직 계정이 살아있다. 내가 일해온 흔적들을 살펴본다. 그동안 주고받은 수천 개의 메일들, 상신하고 반려당하고 재 상신했던 수백 개의 문서들이 보인다. 정말 열심히 살았구나. 그런데 왜 이렇게 허하지?

하루가 너무 느리게 흘러간다. 하루 종일 밀린 웹툰과 유튜브를 본다. OCN에서 영화도 두어 편 봤다. 이 많은 걸 했는데도 시간은 오후 5시. 저녁 먹을 시간도 안 됐다. 이직 준비나 해볼까 싶다. '공준모(공기업을 준비하는 사람들의 모임)', '독취사(독하게 취업하는 사람들)'에 접속하려니 회원가입을 하란다. 생각해보니 입사하자마자, 취업 준비할 때 애용한 단체 채팅방과 카페를 모조리 탈퇴했던 것 같다. 부랴부랴 회원가입을 하니 이제 등업 신청

을 하란다. '어휴'

이직을 하려고 보니 4년이라는 경력은 경력 축에도 못 낀다. 평균 수면 3시간을 유지하며 이직을 알아봤지만 마땅한 회사가 눈에 띄지 않았다. 아르바이트 애플리케이션을 깔았다. 편의점 알바를 하며 공부를 할까 했더니, 같은 공고를 보고 있는 사람만 320명이다. 남은 건 카페 종업원 자리라서 열심히 이력서를 썼다. 서류에서 탈락했다. 인건비가 올라서 바리스타 자격증 있는 사람만 채용한다고 했다.

2.

퇴사를 결심하고 2

그 즈음 주변에선 모두 카페를 차린다고 난리였다. 전통 찻집, 플라워 카페, 공방 카페 등 말만 조금씩 다를 뿐, 다들 카페를 열 생각을 하고 있었다. 문득 이런 생각이 들었다.

'어차피 종착지가 카페라면, 결국 그 길로 가야 한다면 하루라도 빨리 가는 게 낫지 않을까?'

한국 학생들의 진로는 '치킨집'이라는 말이 있다. 요새는 '카페'가 '치킨집'보다 압도적으로 우세인 것 같다. 퇴직을 앞둔 옆집 이모, 회사 일에 지쳐있는 직장선배, 심지어 우리 부모님도 카페를 고민한다. 마지막 종착지가 정해져 있다면 먼저 가면 된다.

'가진 돈 3천만 원, 작은 카페로 시작해보는 것도 좋겠다. 회사 다니며 매일 커피 값만 2만 원 넘게 썼다. 카페를 차려서 직접 커피를 내려 마시면 이 돈을 절약할 수 있겠지?'

그렇게 나는 카페를 차리기로 결정했다.

난 나쁜 딸인 게 분명하다. 항상 사고를 몰고 다니는 딸, 매일 부모님께 새로운 문젯거리를 던져주는 사고뭉치 딸. 이번에는 핵폭탄급 사고를 물어왔다. 집 주변 커피숍에 자리를 잡고 부모님을 불렀다. 심각한 딸 목소리에 걱정된 부모님은 부랴부랴 뛰어왔다. 막상 엄마, 아빠 얼굴을 보니 괜히 미안한 마음이 들어 말이 안 나온다. 우물쭈물하고 있는데 엄마가 먼저 묻는다.

"설마 퇴사했니?"

정말 깜짝 놀랐다. 엄마는 내 표정을 보곤 본인이 더 놀란다. 입사하고부터 힘들다고 징징거리다가, 3년쯤 지나서 잠잠하더니만 뭔가 느낌이 왔다고 한다. 엄마의 감은 정말이지 너무 무섭다. 아빠는 잠시 말이 없었다. 그러곤 현실을 부정하고 싶은 듯 되물었다. "또 말버릇처럼 하는 말이지?" 나는 자발적 퇴사자였고, 아빠는 정년이 돼서 물러나는 비자발적 퇴사자였다. 아빠는 스스로 회사를 뛰쳐나왔다는 게 도무지 믿기지 않는 듯했다.

잠시간의 정적이 흐르고 아빠가 먼저 물었다. 이제 무엇을 할 건지에 대해서. 준비해놓은 일곱 장짜리 사업계획서를 보여드린다. 생각을 정리하고자 만든 계획서인데, 이때를 위한 거였나 보다. 부모님은 착잡한 마음으로 한 장 한 장을 넘겼다. 그러고는 한숨과 함께 "우리가 도와줄 건 없니?"라고 한 마디를 건넸다.

그 한마디에 녹아내리는 기분이 든다. 안도감, 큰 안도감이 나를 온전히 안아주었다. 그래 이 한마디가 필요했다. 비록 딸이 가고자 하는 길을 믿고 지지할 수밖에 없는 부모의 마지못한 인정이지만 말이다. 내가 저지른 일이니 잘못돼도 내가 책임져야 한다. 그렇지만 잘못되었을 때 나를 위로해줄 부모님이 있다면 그걸로 충분했다. 용기 내서 나아갈 수 있다.

부모님의 최종 승인이 떨어지자, 겁이 없어졌다. 바로 부동산 계약을 체결했다. 입주일을 정하고 인테리어 업자를 알아보기 시작했다. '인테리어 정보통' '카페 사장들의 모임' '아프니까 사장' 등 온갖 카페에 가입해서 정보를 모으기 시작했다. 가진 돈이 많지 않았으므로 셀프 인테리어를 진행하기로 했다. 바닥재, 벽과 천장, 조명, 가구, 식기, 식재료 등등 신경 써야 할 게 너무 많았다. 그러다 보니 밤을 새우는 일이 허다했다. 잠을 자도 고작 두세 시간이 다였다. 그런데 정신적으로나 육체적으로 전혀 피곤하지 않았다. 오히려 행복했다.

밤새 야근하며 만든 보고서들이 다음날 한 번의 보고를 위해서만 쓰일 때는 마음이 쓰렸다. 주말에도 쉬지 않고 뛰어다닌 출장길, 짬이 나지 않아 역 한편에 쭈그려 앉아 삼각김밥을 먹을 때는 마음이 배고팠다. 나 자신을 잃어가고 있음을 느낄 때마다 모순의 감정을 느꼈다. 죄책감, 우울함 속에서 마음이 죽어갔다.

그러나 카페를 준비하면서 살아있음을 느꼈다. 그렇게 나는 나만의 공간, 나만의 카페를 차렸다.

3.

배달음식은 사람을 비참하게 만들어

고정적인 월급이 나오는 직장을 다니던, 들쑥날쑥한 매출에 의존하는 카페를 운영하던 모든 노동의 목적은 다 '먹고 살기' 위함이다. 그런데 말이다. 먹는 게 해결이 안 되면 정말이지 서럽고 눈물 난다. 이게 다 먹고살자고 하는 짓인데, 먹는 게 제대로 안 되고 일만 하면 얼마나 서러운가.

처음 카페를 운영할 때 이 놈의 '밥'이 제대로 해결이 안 됐다. 직장에서는 점심시간이 있어 구내식당을 가던, 회사 앞 식당을 가던, 혹은 자리에서 샌드위치로 때우건 '밥'을 먹을 시간이 있었다. 하지만 카페에서는 언제 올지 모르는 손님들을 위해 항시 문을 열어두어야 했다. 카페에서는 냄새가 덜 나는 음식, 카운터 뒤에 숨어서 먹을 수 있는 음식을 주로 찾아 먹었다. 주로 빵 따위였다. 특히 유통기한이 지나거나 판매가 저조한 빵들이 주식이 됐다. 빵 한두 조각으로는 배도 차지 않아서 항상 주린 배를 움켜쥐고 있어야 했다. 그야말로 허기진 게 일상이 되어버린 삶이었다.

그렇게 버티고 버텨, 마감시간이 다가오면 편의점으로 뛰어가 컵라면이나 삼각김밥을 사 먹었다. 혹은 배달음식을 시켜먹었다. 카페에서 하릴없이 휴대전화를 들여다볼 때 주로 배달 어플리케이션을 본다. 어플 속 가게들의 메뉴판을 훑어보며 군침을 흘린다. '먹을까, 참을까?'를 수십 번, 아니 수백 번 반복한다. 그러다가 도저히 참을 수 없는 날이 되면 배달음식을 시켜먹는 거다. 바로 오늘과 같이.

오늘은 지난 삼 일 내내 눈에 담아두었던 피자를 시켰다. 배달이 오자마자 잽싸게 피클을 꺼내고, 피자박스를 열어본다. 피자박스에서 전해지는 모락모락 따스한 온기, 향긋한 치즈 냄새. 굶주림에 지쳐있던 터라 손도 씻지 않고 우걱우걱 먹었다. 식도로부터 전해져 오는 뜨끈함, 점점 차오르는 뱃속. 정신을 차려본다. 피자 여덟 조각 중 네 조각을 먹어치운 채다. 혼자서 라지 사이즈 피자의 절반이나 해치웠다. 아, 배부르게, 정말 맛있게 잘 먹었다. 그런데, 분명 '잘' 먹었는데 기분이 이상하다. 가슴이 답답하고, 슬프고, 고독하다. 분명 허겁지겁 맛있게 잘 먹었는데, 정신을 차려보니 뜬금없게도 비참함이 몰려온다.

피자 봉투에 달려있는 영수증이 팔랑거린다. 33,900원. 배달 최소 주문액을 맞추느라 콜라도 시켰는데, 1.5L 중 2/3 이상이 남아있다. 무릎을 구부려 무릎 사이로 얼굴을 파묻는다. 다 먹지도 못할 피자를 사만 원 가까이 주고 시킨 내가 밉고, 그놈의 배달비가 뭐길래 혼자 먹을 거면서 라지 사이즈를 시킨 내가 밉고, 영양분도 하나 없는 이런 빵 따위를 맛있게 먹던 내가 밉고, 체면 안 챙기고 게걸스럽게 먹고 있던 내가 밉고, 돈 벌겠다고 카페에 내내 서 있다가 밤 열시가 돼서야 첫 끼를 먹고 있는 내가 밉고, '밥' 한 끼도 제대로 못 챙기는 내가 밉다.

얼마간 그러고 있었을까, 몰려오는 비참함을 온몸으로, 오롯이 혼자서 견디고 있는 이 시간이 버겁다. 시계를 바라본다. 새벽 열두시. 엄마에게 전화를 한다. 긴 착신음 끝에 엄마가 자다 깬 목소리로 전화를 받는다. "응, 딸" 수화기 너머로 들려오는 엄마 목소리에 아무 말도 하지 못한다. "여보세요? 딸, 무슨 일 있어?" "아니, 그냥. 지난번에 엄마가 밥하기 귀찮다고 딸랑 밥하고 김치만 줬었잖아. 그때 그 김치 맛있었는데." 엄마는 뭐 그런 걸 다 기억하냐고 핀잔을 주며 말한다. "지금이라도 집으로 올래?"

나는 그냥, "다음에"라고 말한다.

4.

오롯이 나만을 위한
평일

카페를 오픈하고 첫 몇 달간 휴무일은 집에서만 보냈다. 하루 종일 잠을 자도 잠이 왔다. 하도 자서 얼굴이 퉁퉁 붓고 머리가 지끈거리듯 아팠다. 그래놓고 낮이건 밤이건 시래기마냥 픽픽 쓰러져 잠들었다. 카페라는 새로운 환경에 적응하기 위해 정신을 바짝 차리고 서 있다 보면 금세 피곤해졌다. 마치 신입 시절로 돌아간 것 같았다. 점차 카페에도 적응되다 보니, 휴무일을 집에서만 보내는 게 아깝게 느껴졌다. 이번 휴무일은 밖에 나가보자고 결심한다. 그래도 내일이 휴무일이니 오늘은 새벽 한 시나 두 시쯤 자야지.

아침 열시 즈음 눈을 떴다. 휴무일은 알람 없이 얼굴에 내리쬐는 햇빛을 받고 눈을 뜬다. 무얼 할까 고민해본다. 아, 생각해보니 오늘은 월요일이다. 직장인의 휴무일은 주말이었다면, 카페 사장의 휴무일은 월요일이었다. 은행에 갈 수 있겠다. 아, 치과에도 가야지. 그리고 주민센터에서 몇 가지 서류도 떼야겠다. 오랜만에 도서관에 들러서 책도 빌려볼까? 평일에 쉬니까 이런 점이 참 좋다. 머리를 감고, 샤워를 한 뒤 옷장 앞으로 간다. 옷장 깊숙이에서 빨간 티셔츠를 꺼낸다. 밑에는 꽃무늬가 마구마구 박혀있는 스커트를 입고 길을 나선다. 바쁜 출근 시간이 지나 한가해진 길을 걷는다. 아침에 숨어있다 햇볕이 따뜻해지면 나오는 고양이들도 길마다 누워있다.

첫 목적지는 은행이다. 밀린 공과금을 납부하고, 카페에 필요한 잔돈을 바꾼다. 보통 카페에 현금을 20만 원 정도 두는데 만 원짜리 4장, 오천 원짜리 20장, 천 원짜리 40장, 오백 원짜리 20개, 백 원짜리 50개 정도를 둔다. 요 돈을 '시재금'이라고 부르는 것도 카페를 시작하고 처음 알았다. 묵직한 돈을 받아서 주변을 둘러보다 아무도 보는 사람이 없을 때 가방에 재빨리 넣었다.

그다음 목적지는 치과였다. 거의 2년 만에 오는 치과라서 괜히 긴장된다. 치아 점검을 받고 스케일링을 했다. 그리고 그 주변에 있는 주민센터로 가서 주민등록등본 5부를 발급받았다. 요새는 세상이 좋아져서 인터넷에서 다 발급받을 수 있지만, 그건 회사를 다닐 때나 가능한 일이다. 집에는 프린터기가 없고, PC방에서는 공용 프린터기라고 복사가 안 된다. 번거롭지만 주민센터에 가서 한 번에 왕창 받아온다. 마지막으로 도서관을 가려다가 아주 오래전에 대여증이 만료되었다는 걸 알게 됐다. 이것저것 다 처리하니 벌써 오후 다섯시다.

밥 시간은 다가오는데 이대로 집에 들어가긴 아쉽고, 그렇다고 혼자 밖에서 먹기도 뭐해서 카페를 갔다. 최근에 규모가 큰 카페들이 제법 많이 들어서서 어딜 가나 다 새로운 카페다. 시원한 카페라테를 시키고 주변을 둘러본다. '요새는 예쁜 카페들이 참 많구나.' 음료도 맛있었다. 카페에 혼자 앉아 휴대전화를 들여다본다. 페이스북과 인스타그램에 들어가 최근 카페들의 인테리어 트렌드를 살펴보기도 하고, 새로운 메뉴로 뭐가 괜찮을지 고민도 해본다. 밀린 문자에 답장을 하고, 몇 개월간 잠잠한 이메일도 한 번 접속해본다. 해가 뉘엿뉘엿 저물어간다. 이제 집에 들어가자.

여유롭게 버스에 몸을 싣고 창밖에 지나가는 풍경들을 본다. 해가 지기 전 집에 들어가는 기분은 뭐랄까, '자유' 같았다. 전에 없던 하루가 신기했다. 이 많은 걸 하루 만에 다 했다니 나 자신이 대견했다.

직장인 시절에는 점심시간에만 나를 위한 업무처리가 가능했다. 그마저도 밥을 부리나케 먹거나 혹은 굶어야 했다. 점심에 팀끼리 회식하는 날이면 내 업무는 뒷전이 됐다. 그렇게 하루는 은행을 가고, 다음날에는 병원을 갔다. 혹은 아무것도 못해서 '다음번에 시간 나면 해야지' 하고, 정작 나를 위한 업무는 미루곤 했다. 대부분의 은행, 병원은 토요일 열두시가 되기 전까지는 업무가 가능했다. 그마저도 늦잠을 자서 시간대를 놓치거나, 한 군데만 들러도 시간이 다 지나있었다. 그러나 오늘의 나는 오롯이 나만을 위한 평일을 보냈다. 진정한 '자유'를 만끽했다는 기분이 들었다.

5.

카페를 두 달간 휴점했습니다

카페를 창업한 지 1년 하고도 3개월이 지났다.

예상한 것보다 경기는 훨씬 안 좋았다. '카페'라는 업종은 '치킨집'보다 경쟁이 치열했다. 처음 창업을 할 때 주변 상권을 알아보고 분석한 게 무색할 정도로 주변에 카페가 우후죽순 들어섰다.

옆집에 새로운 카페가 생기고 오픈 이벤트를 시작하니, 그 날은 손님이 80% 이상 줄었다. 뒷골목에 저가 프랜차이즈 카페가 생기니, 공치는 하루가 많아졌다. 하루 종일 아무도 없는 카페에 멍하니 앉아있노라면 바쁜 삶이 그리워졌고, 카페에서의 느긋함과 여유로운 삶은 무한경쟁시대의 경주에서 뒤처지는 삶처럼 느껴졌다. 속으로 수백 번 후회했다. '회사에서 좀 더 버틸 걸' '창업을 해도 왜 하필 카페를 했을까?'

하지만 겉으로 절대 내색하지 않았다. 아니, 할 수 없었다. 내가 틀렸다는 말은 끝끝내 듣기 싫어서, 잘못된 선택을 했다는 사실을 믿기 싫어서. 내가 떠난 직장에서 이번에 승진한 직장 동기, 전문가로 성장하는 후배들 사이에서 '퇴사 후 망한 케이스'가 될까 봐 두려워서.

혼자 있는 시간이 길어지자 나의 애매한 능력들이 조금씩 발현되기 시작됐다. 무료한 시간을 달래기 위해 바느질, 아크릴화, 펜 드로잉, 베이킹을 시작했다. 하나를 배우면 끈질기게 파고드는 끈기가 없던 탓인지, 유행에 휩쓸려 이것저것 배운 탓인지, 당최 하나에 집중을 못하고 여기저기 호기심이 많은 성격 탓인지, 모든 걸 애매하게 했다.

이래 가지고는 새로운 창업을 하기도, 누군가를 가르칠 정도의 능력도 되지 못했다. 그러나 결정적으로 나는 저 모든 것들을 하기 위한 '재료'들이 있었다. 그때부터 집 한편에 쌓여있던 온갖 재료들을 활용하기로 했다.

'원 없이 재료를 빌려드립니다. 커피 한 잔하며 당신의 무료한 시간을 달래고 가세요.'

아이들을 유치원에 보내면 시간적 여유가 생기는 동네 아줌마들, 퇴근 후 취미생활을 즐기러 오는 직장인들, 동네 꼬꼬마들과 대학생들도 가끔 카페를 찾았다. 그렇게 2020년의 막을 열었고, 새로운 단골손님들을 만들며 다시 활기찬 하루를 보냈다. 행복감도 잠시, '코로나바이러스'의 음산한 기운이 온 골목을 휩쓸었다.

내가 만들고자 했던 따뜻한 공간의 카페는 부지불식간 차게 식어버렸다. 손님이 올 거라 믿고 사두었던 우유와 온갖 재료들은 유통기한이 지나 폐기 처분되었고, 제빙기가 만들어낸 얼음들은 만들어지기 무섭게 녹아내렸다. 하루 종일 켜둔 난방기 소리만 빈 공간에 요란하게 울렸다. 문을 여는 게 적자가 되어버린 시기에, 결국 카페 앞에 '잠정적 휴점'이라는 문구를 내걸었다.

'지금쯤 열어도 될까?' '이제는 괜찮을까?'라고 잠시라도 생각하면, 생각도 하지 말라는 듯 확진자가 늘었다. 정부와 지자체는 강력한 사회적 거리두기 캠페인을 요구하고 있고, 코로나는 끝날

기미가 보이지 않았다. 그렇게 휴점에 돌입한 이후 두 달이라는 시간이 속절없이 지났다.

6.

두 달간 카페 휴점,
이대로 멈출 순
없습니다

두 달 가까이 휴점에 돌입하니, 다시 백수의 삶으로 되돌아간 것만 같다. 무엇이든 해야지 속에 응어리져 있는 불안감이 풀릴 것만 같아 불이 꺼진 카페에 잠시 들러본다. 커피머신에 먼지가 쌓이지 않게 잘 닦아주고, 카페 손잡이를 알코올로 소독한다. 조명도, 음악 소리도 꺼진 빈 공간을 쭉 둘러본다.

'딸랑'

카페에서 나와 근처에 있는 약국으로 향했다. 체크카드에 있는 현금을 탈탈 털어 손소독제와 알코올 스왑을 사러 간다. 약국 근처에 가니 긴 줄이 보인다. 모두 마스크를 사러 온 사람들이다. 언제 다시 카페를 오픈할지 모르지만, 이렇게 외출할 때를 대비해 마스크를 사둬야 할 것 같아 줄을 서본다. 기다리고 기다리다 아래를 내려다보니 슬리퍼를 신어 꽁꽁 얼어붙은 발이 보인다. 햇볕은 따스한데 바람은 차다. '마스크 2개를 구입하려고, 마스크 1개를 소비하는 꼴이구나.'

결국 긴 줄에서 이탈해, 노트북을 들고 주변 카페에 들어갔다. 카페를 창업하고서야 느끼는 점인데, '남타커(남이 타 준 커피)'가 세상에서 제일 맛있더라. 아이스 토피넛라테를 한 잔 시킨다. 역시 얼어 죽어도 아이스가 짱이다. 카페는 난방기가 켜져 있어 따뜻한 바람이 송송 불어왔다. 그러나 무척이나 추웠다. 넓은 공간에 텅 비어있는 테이블과 좌석들. 괜히 미안하고, 슬퍼져 카페의 제일 구석진 곳에 자리한다.

노트북을 켜서 '한글 2007'을 열었다. 회사 다닐 때 생각하는 걸 문서로 정리하는 습관이 남아있어 아직도 이 프로그램을 애용하고 있다. 첫 줄은 '배달 서비스'로 시작했다. 코로나바이러스로 외출이 어려운 고객들을 위해 음료 배달을 시작하려 한다. 손 놓고 가만히 있기보다, 뭐라도 해야지 월세를 낼 수 있을 테니까.

배달이라 하면 가장 많이 쓰는 어플리케이션은 '배달의 ○○'과 '요○요'와 같은 플랫폼이다. 그런데 문득 두려워졌다. 플랫폼을 이용하기 위한 가입비, 이용비, 결제 수수료, 배달대행료를 감안하면 또 다른 '월세'의 개념이 생기는 것이다.

투자라고 생각하고 과감히 도전해야 하는 것일까? 지금 월세 내기도 빠듯한데 또 다른 '월세'를 낼 수 있을까? 예전의 나라면 '못 먹어도 고!'를 외쳤을지 모르겠다. '투자를 해야지 수익이 발생하지!'라고 말했을지 모르겠다. 그런데 지금은 손이 파들파들 떨린다. 수수료도, 배달 대행료도 감당할 수 없을 것만 같다. 결국 카페를 창업하면서 만들었던 SNS와 블로그를 통해 배달 서비스를 홍보하기로 생각했다.

7.

두 달간 카페 휴점, 온라인 판매를 시작했습니다

지금은 새벽 세시 반. 잠이 안 온다. 날이 밝으면 시청에 가서, '통신판매업'을 등록하려 한다. 처음 카페를 창업한다고 사업자등록증을 발급받으러 시청을 방문했을 때도 이랬다. 첫 시작의 설렘과 두려움, 그리고 심장이 쫄깃해지는 긴장감. 날이 밝자마자 빠진 서류가 없는지 두어 번 더 확인하고 집을 나섰다.

고민 끝에 직접 만들고 개발한 청, 시럽, 파우더를 온라인 판매하기로 결정했다. 카페라는 한정적 공간에서만 영업하기에는 '계절'도, '경기'도, 심지어 '미생물'조차도 나를 따라주지 않았다. 최근 소비자 트렌드도 매장에 직접 방문해 음료를 마시기보다, 집에서 홈카페를 즐기는 분위기다.

수제 청, 시럽, 파우더를 레시피와 함께 판매할 계획이었다. 온라인으로도 판매하고, 택배 발송도 하면 오프라인이라는 공간의 한계를 벗어날 수 있겠지. 직접 디자인한 스티커와 포장지로 돌돌 둘러싸고 보니, 제법 그럴듯한 상품처럼 보인다. 게다가 내가 만들었지만 정말 맛있다. 적절히 우유나 탄산수와 섞어먹으면 아주 꿀맛이다.

시청에서의 행정 처리는 순식간에 끝났다. 통신판매업 허가를 받자마자 SNS 계정과 블로그를 통해 소식을 알렸다. "코로나19로 발이 묶여있는 고객들을 위해 배달 서비스를 시작합니다. 또한 맛있는 음료를 집에서 직접 만들어 드실 수 있게 청, 시럽, 파우더를 레시피와 함께 판매합니다." 해시태그를 주렁주렁 달고 나니 어느 정도 반응이 보인다. 단골손님들께는 소량씩 담아 맛보기용으로 전해드려 본다. '맛보기' 체험 이벤트를 열어 당첨자를 대거 뽑아 제품을 마구 뿌렸다. 첫 개시 기념, 첫 온라인 판매 기념 50%, 2+1 이벤트도 매일 열었다. 일주일 정도 지났을까? 입소문이 나기 시작했다. 유명한 지역 블로거도 우연히 제품을 접하고, 정성스러운 후기를 적어주었다. 이 후기는 심지어 네이버 메인에까지 소개되었다. 희망의 빛이 보이기 시작한다.

휴점하고 한 달이 지났다. 온라인 판매를 시작한 것도, 배달 서비스를 시작한 것도 그즈음이다. 창업을 하고 처음으로, 정말 처음으로, 믿기지 않지만 '돈'을 벌었다. 월세와 관리비, 재료비, 카드값까지 내고도 '잔돈'이 남았다. 국민연금, 보험비를 내고도 돈이 남아있다니. 사실 카페를 시작하고 6개월 정도 지나서 수익에 대해서 포기했었다. 그저 적자 없이, 월세라도 빠듯하게 내는 것에 감사했다. 간혹 월세도 못 버는 달은 '월세만큼만' 적자인 것에 감사했다. 그저 아등바등 이 공간을 유지하고 있음에 감사했다. 그런데 이제야, 코로나19로 휴점을 하고 나서야 처음으로 돈을 번 것이다. 회사 다닐 때 모은 돈이랑은 비교도 안 될 정도로 작은 돈이지만 훨씬 커 보였다. 더 값지다. 더 소중하다.

휴점에 돌입한 지 두 달이 됐다. 배달 서비스는 주문이 훅 떨어졌다. 주변 카페들도 다들 배달 서비스를 시작하다 보니 경쟁에서 밀린 것이다. 다만 직접 만든 홈카페 재료들의 온라인 판매는 꽤나 꾸준히 주문이 들어온다. 카페 한쪽에는 택배 상자들이 쌓여있다. 의자 위에는 칼, 가위와 테이프가 나뒹군다. 문득 이런 생각이 들었다.

'언제였을까. 손님들의 도란도란 대화 소리, 카페를 잔잔하게 울렸던 음악 소리, 원두가 갈리는 소리, 컵을 씻는 달그락 소리, 이 많던 소리들은 다 어딜 갔을까. 그 소리들을 들어본지가 언제였을까.'

'띠링'

휴대전화를 열어보니 온라인 주문 정산금 7만 5,000원이 들어왔다. 이 정도면 음료를 15잔에서 20잔 정도 팔아야 나올 수 있는 돈이다. 포장을 잠시 멈추고 카페를 둘러본다. 손님이 없으니 화장도 하지 않은 맨얼굴이 유리창에 비친다. 운동복에 슬리퍼 차림. 오랜만에 카운터 겸 주방으로 들어가 본다. 예쁜 유리잔과 그릇들이 보인다. 마지막에 저 식기들을 쓴 게 언제였더라. 돈을 벌어서 물론 기쁘다. 지금 같은 시기에 조금이라도 돈을 벌 수 있다는 것은 정말 행운이나 다름없다. 그런데 정말 이상하게도 마음이 뒤숭숭하다.

이 자리에서 손님들의 이야기를 들었던 게, 이 공간에서 사람들의 체온을 느꼈던 게 언제였더라.

잔잔하게 흘러나오는 음악에 손님과 나는 각자 가져온 책을 읽는다. 머리 위로는 햇볕이 따사롭게 비춘다. 밖에는 고양이가 여유롭게 거닐고, 경비 아저씨는 오늘도 고생이 많다며 손 인사를 건넨다. '잘 지내셨어요?' '어서오세요!' '지난번 시험은 어떻게 되셨어요?' '오늘의 신 메뉴는 무엇인가요?' '단골손님한테 드리는 서비스예요!'

'띠링' 하고 날아오는 일방적인 주문 문자보다, 오고가는 저 수많은 대화들이 그립다. 지금 난 덩그러니 혼자다. 창고가 되어버린 이 공간에 쓸쓸하게 혼자다. 지난날의 평온함이 그립다. 사람들의 생기와 온도가 그립다.

코로나19만 종식되면 평온함을 되찾을 수 있을까? 도대체 언제가 될까? 난 지금 '오프라인'이라는 공간의 한계는 벗어났지만, 오프라인 속에 갇혀버린 건 아닐까? 이 카페를 그때 그 시절의 그 공간으로 되돌릴 수 있을까? 고민이 깊어지는 밤이다.

8.

이 시국에
카페 문을 여냐고?

카페는 여전히 휴점 상태지만 오늘도 카페로 출근해 가게를 쓸고 닦으며 광을 내본다. 잠시 후 관리사무소 소장님이 지나가다가 불이 켜진 카페를 보고 들어오신다.

"아, 계셨네요. 여기 고지서."

소장님이 내미신 고지서 봉투 앞에는 '독촉장'이라고 써져있다. 휴점 상태에 돌입하고 체크카드에 잔액이 없자 관리비가 못 빠져나간 것이다. 고지서를 받으면서, 소장님께 애절한 눈빛을 보내보았다. '저 지금 휴점 때문에 조금 힘든데, 관리비 좀 어떻게 안 될까요?' 소장님은 날이 따뜻해졌다며 날씨 이야기만 툭 던지고 이만 홀연히 카페를 떠나신다. 청소를 마치고 집으로 가는 길. 대로변에 있는 카페에는 손님들이 보이기 시작한다. 문을 닫은 카페에 비해 꾸준히 문을 열어 놓은 카페에는 손님들이 다시 줄을 서기 시작한다.

사회적 거리두기 캠페인에 동참하고자 시작했던, 잠깐이면 끝날 줄 알았던 휴점이 이렇게도 길어질 줄이야. 때마침 지나가는 길에 별다방 매장이 보인다. 대형 프랜차이즈 카페들은 어떻게 '사회적 거리두기' 운동을 하고 있을까?

"주문하시겠어요? 저희 별다방은 사회적 거리두기 캠페인에 동참하고 있습니다. 카운터에서 조금 떨어진 노란색 줄 뒤에서 주문해 주시기 바랍니다."

과연 카운터에서 서너 발자국 뒤에 노란 줄이 보인다. 생각보다 카운터와 노란 줄은 거리감이 있어서 주문하는 사람도, 주문받는 사람도 무언가 안심이 되는 간격이다. 음악 소리도 크지 않아서 직원의 목소리도 잘 들렸다. 테이크아웃으로 커피 잔을 받아들고 근처 잡화점에서 노란색 테이프를 하나 샀다. 다시 카페로 부리나케 되돌아와, 카운터에서 서너 발자국 걸어본다. 아, 벽이다. 손님이 서 있을 공간이 없다.

이번에는 대각선으로 서너 발자국 걸으니 소품이 있다. 이 좁아터진 공간으로는 '사회적 거리두기'가 불가능하다. 무려 2,000원이나 주고 사온 형광 노란색 테이프는 쓸모가 없어졌다. 짜증. 아, 나도 모르겠다. 다른 카페들도 문을 열고 영업을 하는데, 나도 영업을 해야겠다. 더 이상은 월세도, 전기세도, 관리비도, 인터넷비도, 국민연금도 낼 돈이 없다.

지자체에서 지급해주는 긴급 생활안정자금을 신청해두었지만 언제 받을 수 있을지도 모르겠다. 나도 다른 카페들처럼 손님을 받고, 음료를 팔고, 월세를 내봐야겠다. 생활비를 벌어야겠다. 당장 이번 주부터 카페 문을 열어야겠다며 SNS에 카페 영업 소식을 알려본다.

'대박, 지금 이 시국에 카페 문을 여신다고요?'

'사회적 거리두기 캠페인에 동참하셔야 하지 않을까요?'

'지금이 코로나 감염 피크인데 2주만 더 휴점을 하시는 건 어떨까요?'

대형 프랜차이즈가 아닌 이상 동네 카페는 '동네 장사'다. 동네 사람들의 마음과 정으로 영업된다. 무슨 마음으로 댓글을 달아주는지 안다. 걱정과 염려가 섞인 말임을 안다. 하지만 지금 이 순간 내게는 듣기 싫은 말들이다. 책임감 없는 걱정으로 들리는 말들이다.

동네 장사가 무엇인지 다시금 절실히 깨닫는다. 어쩌면 동네 장사는 대형 프랜차이즈보다 더한 잣대를 들이대기도 하며, 더한 감정노동의 서비스를 요구하기도 한다. 그것이 즐겁고 행복한 순간이 있었다면, 지금은 버겁고 힘이 든다.

9.

내 감정노동 값은 따로 주세요

오늘은 드디어! 카페로 출근하는 날이다. 코로나19로 인한 긴 휴점의 끝을 맺고, 영업시간을 단축해서 운영하고 있다. 밖은 비가 주룩주룩 온다. 출근길에 물웅덩이를 밟아 운동화가 젖었지만 기분이 좋다. 비 오는 소리를 들으니 봄이 오고 있노라고 알려주는 것만 같다. 타닥타닥 유리창을 두들기는 빗소리와 재즈는 정말이지 환상의 조합이 아닐 수 없다. 얼음을 가득 담은 시원한 카페라테 한 잔을 하며, 책을 읽어본다. 얼마만의 여유인지. 카페의 문을 열고 40분이 지나서야 손님이 들어왔다.

그 손님은 두어 번 정도 카페에 방문했는데, 두 번 다 따뜻한 아메리카노를 시키곤 했다.

'비 오는 날 나처럼 커피가 땡겨서 한 잔 하러 오셨나 보다.'

그러나 손님은 "여기 신문지 있어요?"라고 뜬금없이 묻는다. 유리를 포장해야 하는데 요즘 신문지가 구하기 힘들어 여기에는 있나 해서 찾아오셨단다. 유리창을 닦으려고 꿍쳐두었던 신문지를 꺼내어 드렸다. 손님은 고맙다는 인사와 함께 느닷없이 이야기보따리를 풀어놓는다. 어떻게 해서 이 시골에 오게 되었는지, 본인이 무슨 일을 하는지, 최근에 겪은 인간관계의 스트레스부터 시작해서 코로나19에 대한 정부의 대처방안에 대한 문제점, 국회의원 선거 결과에 대한 이야기까지. 아. 정치 이야기는 가족끼리도 하는 거 아닌데.

다른 손님도 없는 데다 일단은 그분도 '손님'이라 나름 열심히 응대해본다. '아, 그렇군요' '어머!' '아, 그래요?' 등등의 장단을 맞추며…. 손님과 앉아서 대화할 수도 없고, 서서 응대하는데 벌써 한 시간이 지나 있다. 손님도 생각보다 시간을 지체한 것을 깨달았는지, 가벼운 인사와 함께 카페를 나선다. 아아. 손님은 그렇게 신문지를 들고 카페를 떠났다. 어떠한 주문도 없이!

손님은 언제든지 자유롭게 이 카페, 저 카페를 선택해 방문할 수 있다. 커피를 사 마실 건지 안 마실 건지를 결정할 수 있는 권한을 가진 사람이다. 반면 나는 고정된 장소에서 장사를 한다. 쉽사리 움직일 수 없는 몸인 데다 손님의 간택을 받아야 하는 입장이라 늘 조심하고 친절하게 된다. 비록 신문지는 별거 아닌 종이쪼가리에 불과하지만, 그 신문지를 드렸을 때 어떠한 대가를 바란 것은 아니었지만, 그 손님에게 응대하기 위해 소비한 내 감정이 조금은 아깝다. 내 감정노동에도 값을 매기고 싶은 씁쓸한 마음이 든다.

감정노동이라 하니 떠오르는 손님이 또 있다. 그날도 어째서인지 비가 왔다. 50대 아주머니 한 분이 카페에 들어오셨다. 혼자 자취하고 있는 아들을 만나러 오셨는데, 아들이 아직 일하는 중이라 퇴근시간까지 기다려야 한단다. 꽃차를 진하게 우려내드렸다. 아주머니는 적적하신지 말을 걸어온다.

"젊은 사람이 아주 참하게 생겼네. 어쩌다 카페를 시작했어요?"

묻는 질문에 대답을 거절하지 못하는 데다 거짓말도 못하는 성격인지라 이실직고한다. 회사 다니다가 힘들어서 퇴사하고 카페 차렸다고. 아주머니는 깔깔 웃으면서 힘내라고 작은 응원을 해주신다. 나름 어색하고 서먹한 분위기가 깨졌는지 아주머니는 아들 이야기를 늘어놓으신다. 아들은 다음 주에 결혼을 계획하고 있는데, 너무 급하게 잡힌지라 예비 며느리랑은 한두 번밖에 못 보셨단다. 결혼을 천천히 하면 안 되겠냐고 말리지만 아들내미는 뭐가 그렇게 급한지, "그 사람 아니면 안 돼"만 외치고 있단다. 아들이 좋아 죽겠다는데, 결혼시켜달라고 아우성인데 어쩌겠나. 부랴부랴 결혼식을 서둘렀는데 그게 벌써 다음 주란다. 이런저런 이야기를 듣다 보니 어느새 아들이 퇴근해 엄마를 데리러 왔다.

"안녕히 가세요!"

그런데 세 시간 후 카페 문을 닫기 직전에 아주머니가 웬 여자분이랑 같이 오신다. 아주머니는 꽃차 두 잔을 주문하고 카페 구석에 앉는다. 잠시 후 여자가 울기 시작한다. "저 결혼 안 할래요. 못하겠어요." 아주머니는 깊은 한숨을 쉬면서 달랜다. "왜, 우리 아들이 너를 서운하게 했니? 무슨 일이 있었니, 나한테 편하게 말해봐."

여자는 더 크게 운다. 하필 냅킨은 반대편에 있는지라 조심스럽게 냅킨을 테이블로 가져다 드려 본다. 여자는 잠시 울음을 멈췄다가 훌쩍거리며 말한다. "그냥…. 오빠랑 결혼은 천천히 생각해봐야 할 것 같아요." 아주머니는 여자의 눈물을 닦아주고 차근차근 이야기를 들으며, 여자의 입장을 이해하고자 노력했다. 살짝 엿들어보니 결혼을 준비하다가 다퉜나 보다. 게다가 둘 다 취업한 지 얼마 안 돼서, 사회생활을 하며 받는 스트레스를 서로한테 푼 듯하다. 아주머니는 "사실 너희 결혼 너무 급하게 한다고 조금 천천히 하자고 말했잖아. 휴. 언제든지 네가 원하면 결혼은 멈춰도 돼. 어떻게 할래? 그만할까?" 둘은 긴 침묵을 이어갔고, 결론을 내리지 못한 채 시간은 흘러갔다(그만큼 내 퇴근시간도 늦어졌다).

열시 삼십분이 넘어가자 여자는 혼자서 더 고민할 수 있도록 먼저 돌아갔고, 아주머니는 앉아서 긴 한숨을 내뱉었다. 그리고 아주머니의 하소연이 이어진다. 처음에는 이런 일이 내 눈앞에서 벌어지다니 믿을 수 없었고, 그다음은 '설마 다음 주가 결혼인데 진짜 파혼할까?' 하는 걱정에 손에 땀이 났다. 결국 선택은 그 둘의 몫이지만 부디 잘 해결되길 진심으로 바랐다. 열한시가 지나자 목소리가 조금씩 가라앉기 시작한다. 퇴근시간도 훌쩍 지난데다 비가 와서 몸까지 축 처진다. 어찌어찌 이야기를 잘 마무리해본다. 청소는 내팽개치고 집으로 퇴근을 서두른다. 아, 몸은 편한데 정신은 피곤하다.

정확히 일주일 뒤, 한복을 곱게 차려입은 아주머니가 카페에 들어왔다. 결국 결혼식은 무사히 잘 치렀고, 아들 자취방에 짐을 가지러 온 김에 카페에 들렀다고. 그때 이야기 나눠줘서 정말 고맙다며 손에 과일컵을 쥐어준다. 지난날 초췌한 얼굴은 생기를 얻어 행복감에 빛난다. 단아한 한복은 찰떡으로 잘 어울렸다. 하얀 손장갑 속 따뜻한 체온이 마주 잡아진 손을 통해 전해진다. 진심으로 고맙다고 웃는 아주머니를 바라본다. 그래, 일주일 전의 감정노동은 이 '과일컵' 하나로, 마주 잡은 손에서 전해지는 '체온'으로 충분하다.

10.

흑당도 달고나도 없는 카페

카페가 우리 삶에 이렇게 밀접한 장소가 되고, 커피가 없어서는 안 될 음료가 된 건 얼마 되지 않은 일 같다. 초등학생 때만 해도 모래가 있는 놀이터에서 자그마한 조개들을 주우며 놀곤 했는데, 요즈음 초등학생들은 와이파이가 빵빵한 카페에 게임을 하러 간다고 한다. 시대가 참 많이 변했구나 느낀다.

처음으로 카페를 간 건 대학생 때였다. 처음에는 '카페베네CAFE BENE', '할리스HOLLYS'와 같은 커피숍들을 보며 저 간판들을 어떻게 읽어야 하나 퍽 난감해했다. 언제 한 번은 "학교 앞 홀리스에서 보자"라고 한 적도 있다. 여하튼 그 당시만 해도 커피는 조금 낯선 음료 중 하나였다. 오죽하면 이런 썰도 있지 않은가. 어리둥절 카페에 가서 메뉴판 제일 위에 있는 커피 한 잔을 시켰는데, 20ml 샷잔에 에스프레소가 나왔단다. 그리고 그 커피는 더럽게 써서 울며 겨자 먹기로 원샷을 했더란다. 다행히 나 때는 커피를 잘 못 마시는 사람들을 위해 달달한 캐러멜 소스를 추가한 캐러멜 마키아토가 유행이었고, 나는 주구장창 캐러멜 마키아토만 먹어댔다.

예전과 달리 사람들은 점차 커피에 익숙해졌고, 카페는 하루에 한 번쯤은 꼭 찾는 공간이 되었다. 그리고 카페에는 다양한 사람들의 기호에 맞춰 커피뿐만 아니라 스무디, 에이드, 차 등의 메뉴들도 생겨났다. 카페는 이제 더 이상 '커피'만 팔지 않는다. 이러한 변화 때문일까? 카페는 생각보다 유행에 아주 민감한 사업이 되었다. 캐러멜 마키아토에 이어 초콜릿 소스가 가미된 카페모카가 유행했고, 그다음은 밀크티와 버블티, 그리고 흑당라테에 이어 흑임자라테, 그리고 현재는 달고나라테까지 왔다. 그리고 이 유행의 바람은 우리 카페에도 날아왔다.

"여기는 달고나라테 안 팔아요?"
"사장님, 400번 저어 만든다는 달고나라테 만들어주세요."
"달고나라테 유행이라던데, 여기는 없어요?"

아, 유행은 이렇게나 민감하다. 부랴부랴 손님들에게 다른 메뉴를 추천 드리고, 내 엄지손가락은 바쁘게 움직인다. '달고나라테 만드는 법' '달고나 재료' '달고나라테 가격' '달고나라테 단가'.

온갖 포털사이트도 온통 '달고나' 천지다. 이렇게 세상은 모두, 이미, 벌써 '달고나'를 외치고 있는데 나는 이제야 '달고나'를 검색한다. 이전에 유행했던 헤이즐넛 아메리카노, 토피넛라테를 판매한다고 사다둔 재료가 구석에 한 가득이다. 유행은 생각보다 재빠르게 사그라들었고 그때 다 판매하지 못한 재료들은 고스란히 짐이 됐다.

이번 달고나라테는 얼마나 유행할까? 재료를 사면 몇 잔이나 팔릴까?

휴대전화를 바라본다. '달고나' 검색 기록 때문에 모바일 화면 좌우로 달고나 재료 구입 광고가 줄줄이 뜬다. SNS에도 달고나 광고가 연이어 나타난다. 여기도 달고나, 저기도 달고나.

과연 이게 맞는 걸까? '유행'이라는 흐름에 따라서 나의 취향은 어디로 사라져버린 것만 같다. 유행의 물결에 어떠한 고정적인 맛이나 특색 없이 '나의 맛'과 '특색'은 어디론가 떠밀려 가버린 것만 같다. 내가 정말로 좋아했던 입에 감기는 맛은 어떤 거였지? 나의 취향은 어떤 향과 맛, 모양을 가지고 있었던가?

11.

구독자에게 온 메일,
잘 버리고 계신가요?

카페에서의 일상은 어제와, 그제와 다름없이 오늘도 펼쳐진다. 손님들을 환하게 맞이하고, 커피를 내린다. 손님들은 커피 향과 함께 각자만의 시간을 보낸다. 음료를 마시는 손님들의 표정, 행동을 유심히 관찰한다. 손님들이 어색함 없이 이 공간에 잘 어우러지면, 그제야 나만의 시간을 갖는다. 보통 책을 읽거나, 공부를 하거나 또는 메일 확인을 한다.

'작가님, 안녕하세요.'

구독자로부터 메일이 와있다. 생각보다 여러 번 구독자로부터 메일을 받곤 했는데 그럴 때마다 괜스레 수줍고, 설레고 긴장된다. 그저 일기 쓰듯 써 내려간 글을 읽어주는 사람이 있다는 것, 그 당시 내가 느꼈던 감정에 공감해준다는 것, 그것은 말로 표현하기 힘든 벅찬 감동을 선물해준다. 그런데 이번 메일은 조금 달랐다. 같은 카페 운영자로서의 마음이 담겨 있었다.

어떻게 지내고 계신지 궁금해서 메일 써요. 주변에 카페에서 일하는 지인이 없다 보니까, 작가님이랑 소통하고 싶은가 봐요. 같은 분야에서 일하는 사람끼리만 통하는 얘기가 있는 것 같아요. 실례되는 얘기겠지만 잘 버티고 계신가요? 주변에서 "카페는 여름이 성수기니까 바쁘겠네?"라고들 물어보시는데, 대답하기가 애매하더라고요. 멋쩍게 웃으면서 "네에…" 하고 말았네요. 성수기란 놈이

저희 카페만 비껴갔는지, 플레이리스트만 늘어가는 요즘입니다.

'카페'라는 공간은 참 정갈하고 여유롭다. 코끝을 맴도는 커피 향에 귀를 촉촉하게 해주는 음악까지. 그런데 보이는 것 이면은 항상 정반대의 모습을 가지고 있을 때가 많다. 여유로워 보이는 이면에는 생계의 치열함이 있다. 한 명의 손님이, 그 손님이 지불하고 가는 음료 한 잔 값이 생활비가 되는 순간 절박해진다.

그 순간 카페는 '운영'하는 곳이 아닌, '버텨야 하는 곳'이 된다. 그런 의미에서 구독자가 보내온 메일은 큰 파동이었다. 나는 카페를 운영하고 있는가, 혹은 버티고 있는가.

그래, 솔직히 인정한다. 버티고 있다. 카페는 '날이 더울수록 성수기, 추울수록 비수기'라고들 한다. 하지만 일 년 내내 비수기였고, 일 년 내내 추웠다. 하루 열 시간 이상 근무하고 하루 매출로 7,600원을 벌었을 때 두려웠다. '이 일을 언제까지 할 수 있을까?' '나이 먹어서도 이 일을 할 수 있을까?' '카페 사장이라는 직업의 정년은 몇 살일까?

이런 고민이 꼬리를 물고 이어질 때마다 '겨우' 버티고 있다는 걸 깨닫는다. 하지만 버티고 있다고 해서 카페에서의 일이 불행하다거나, 우울하거나, 지치는 것은 아니다. 비록 버티고는 있지만 지금의 일이 꽤나 소중하고, 재밌고, 행복하다. 카페를 방문하는 손님들마다 이 공간을 소중히 해주고, 다시 만날 날을 기약해 준다는 것은 이 자리, 이곳에서 버틸 수 있는 힘이다. 다만 불행한 것은 행복하다고 해서 저절로 배가 부른 것은 아니라는 것. 그것이 이루 말할 수 없이 안타깝고 슬프다.

보내온 메일에 아직 답장을 하지 못했다. 하지만 이 글을 통해 답장을 해보려 한다.

"저도 다를 바 없이 '버티고' 있습니다.
다만, 처절하고도 행복하게 버티고 있습니다.
이 삶이 고달파 보여도 절망만이 있는 '버팀'은 아닐 것입니다.
행복한 '버팀'일 것이라 믿습니다."

12.

나,
지금까지 정말
잘 해왔구나

카페를 운영하는 사장, 그리고 그 카페를 방문하는 손님. 그 둘 간의 관계는 무척이나 깔끔하다. 손님이 요구한 물품을 주고 그것에 대한 대금을 받는 계약관계만이 전부다. 손님이 주문한 음료를 만들어주고, 그만큼의 돈을 받는 행위가 둘 간의 관계에서 이루어지는 일의 전부다. 그런데 지금 내 눈앞에 펼쳐지고 있는 이 상황은 정해진 계약행위를 넘어서버렸다.

"사장님, 이거 선물이에요. 생각나서 사 왔어요."

샛노란 프리지어. 당황하며 손님께 꽃 한 단을 건네받았다. 수레에 꽃을 한가득 싣고 아파트를 도는 아저씨가 있는데, 그 아저씨에게 꽃을 사 왔다는 손님. 그 이후로도 꽃말이라든지, 꽃 오래 보관하는 방법이라든지 여러 이야기를 해주는데, 내 귀에는 통 들어오지 않는다. 그저 얼떨떨함. 그게 지금 느끼는 전부다. '왜, 왜 내게 꽃을 준 거지?' 돈을 벌기 위해서 손님을 '손님'으로 대했다. 나 먹고살자고 '손님'에게 넉살 좋게 인사한 게 전부다. 철저하게 영업용 가면을 쓰고, 커피 값으로 받은 비용 안에 포함되어 있는 '친절'을 서비스로 드렸을 뿐이다. 내 손에 가지런히 놓인 프리지어가 눈부시게 아름답다. 프리지어도, 내 앞에서 환하게 웃고 있는 저 손님도 너무 아름다워 그저 미안하다.

그리고 며칠 뒤, 카페에 두어 번 방문한 적이 있는 손님이, 늘 그랬듯 아메리카노를 시킨다. 얼음 가득, 물 조금, 투샷을 기억하고 있다가 그대로 전해준다. 손님은 아메리카노를 받자마자 물물 교환하듯 내 손에 쇼핑백 하나를 들려준다. 그러곤 "저 가고 나서 열어보세요!"라고 말하고 도망가 버린다. 혹시 쓰레기를 버리고 가는 건가 싶어 한숨을 쉬고 열어본다. 그런데 영 생뚱맞은 게 들어있다. 유리컵과 작은 카드.

사장님! 사장님이 튤립을 너무 좋아하시는 것 같아서요.
튤립 유리컵을 팔길래 냉큼 사 왔어요♡

며칠 뒤에는 동네 아주머니가 "내가 워낙 손이 커서!"라고 말하며 들고 온 약밥을 선물 받았고, 한 달에 한번 즈음 오는 손님으로부터는 블루베리를, 바닐라라테만 시키는 손님으로부터 핸드크림을, 취직하고 오랜만에 놀러 온 취뽀 손님으로부터 떡을, 올 때마다 아이스 음료를 시켜먹는 얼죽아(얼어 죽어도 아이스 음료) 손님으로부터 책을 받았다.

손님들로부터 선물을 받을 때마다 말로 설명하기 어려운 복잡한 감정에 휩싸인다. '왜 내게 이런 선물을 주시는 거지?' 하는 의문 한 꼬집, 고맙고 감사하고 따듯하고 뭉클거리는 마음 한 꼬집, 조금은 신기한 기분 한 꼬집, 그리고 곧이어 닥쳐오는 씁쓸하고 미안한 마음 한 뭉텅이. '돈'을 받고 손님들이 주문한 음료를 준 게 단데, 그게 단데, 이런 걸 받을 자격이 있을까?

그런 의문을 안고 시간이 흘러 오늘은 단골손님으로부터 드라

이플라워를 선물 받았다. 단골손님이니까, 용기를 안고 물어봤다. 떨리는 목소리를 애써 숨기며 물어본다. “왜, 왜 주시는 거예요?” 손님은 무슨 대단한 말이 나올까 기다렸는데, 고작 저 질문이냐는 듯 웃으며 대답해준다.

“사장님이 좋아서요.커피 한 잔도 마음을 담아 만들어주니까요. 여기 오면 커피를 마시는 게 아니라 마음을 마시니까요.”

곧이어 “아우, 두 손이 오그라드네! 근데 진심이에요!”라고 말하는 손님 앞에서 나는 그냥 왈칵 울어버린다.

나, 지금까지 정말 잘해왔구나. 정말로, 진심으로, 온 마음을 다해 필사적으로 만들고, 지키고, 가꿔나가고 싶었던 그 ‘카페’를 만들었구나. 나, 지금까지 잘 살아왔구나. 나 잘한 거구나.

세상은 바쁘게 지나가는데 이곳은 그 흐름을 벗어난 듯 정적이고 고요하고 차분해요. 나를 기억하지 못하는, 나에게 관심도 없는 사람들이 가득한 급물살 속에서, 여기만은 잔잔하고 따스해요. 샷 추가, 얼음 적게, 달달하게 혹은 씁쓸하게. 나의 입맛을 기억해줌에 감사해요.

머리를 바꾸셨네요? 오늘은 일이 힘들었나 봐요? 나를 알아봐줌에 감사해요.

‘딸랑’ 하고 문을 열고 들어오는 그 순간부터, 나가는 순간까지 따

뜻하게 환대해줘서 고마워요. 사장님이 좋아요. 커피 한 잔도 마음을 담아 만들어주니까요. 여기 오면 커피를 마시는 게 아니라 마음을 마셔요.

- 밀크티 한 잔을 주문한 손님으로부터

13.

각자의
젊음, 삶, 인생

오늘 찾아온 손님은 어딘지 조금 이상해 보였다. 커피를 주문하는데도 횡설수설 정신이 없어 보였고, 하는 행동도 무언가 산만했다. 음료를 주문한 후, 친구와의 통화도 무언가 이상했다. 대화의 주제가 여기로 갔다가, 저기로 갔다가 난리였다. "오늘 팀장이 회의장에서 면박 주는데 엄청 짜증났다고. 요점을 못 알아듣는다고 소리치더라니까. 그런데 지난번 밀면 먹었던 식당은 어디였어? 그래서 팀장 짜증나 죽겠다, 진짜."

탱탱볼처럼 이리 튀고, 저리 튀는 손님의 대화를 들으니 떠오르는 사람이 한 명 있다. 전 회사에 다닐 때 나보다 2년 먼저 입사한 선배였다. 회사에 다니며 '세상에 이렇게 다양한 종류의 사람이 있구나' 하고 깨달았는데, 그중에서 제일은 또라이였고, 청산유수처럼 말을 쏟아내는 아부꾼, 회사의 온갖 정보를 물고 다니는 촉새, 후배들에게 인정받는 일 잘하는 선배, 눈앞에서 떠먹여줘야 일을 하는 스푼 같은 사람, 이도 저도 아닌 평범 그 자체의 대다수, 그리고 일머리 없는 사람들이었다. 2년 먼저 입사한 그 선배는 안타깝게도 일머리가 없는 사람이었다.

'결제'와 '결재', '게재'와 '개재'를 밥 먹듯 틀리는 사람이었다. 팀장님도, 과장님도 은연중에 그 선배를 무시했다. 반복되는 사소한 실수부터 시작해 멀티플레이가 안 되는 그 선배는 주 업무선상에서 배제되었다. 어느 순간 선배는 회사에 말 그대로 '출근'과 '퇴근'만 반복했다. 다행인 점은 안정적인 공공기관이라 권고사직이나, 퇴사의 압박이 없었다. 주변에서는 그 선배 뒤에서 '편하게 회사 다닌다' '놀고먹는다' '나도 일 못하는 척해야겠어'라는 이야기를 하곤 했다. 나조차도 그 선배와 거리를 두고 무시했다.

어느 날 갑자기, 그 선배가 밥을 사주겠단다. 바쁜 척 튕겨보려다가 그동안 선배를 무시했던 말투와 행동이 떠올라 죄책감이 들었다. 그저 '죄책감' 하나로 그 선배를 따라갔다. 그 선배를 위함이 아니라, 고작 내 마음의 짐을 덜고자.

선배는 역시나 그렇듯 횡설수설 이야기한다. 안부를 물었다가, 넋두리를 했다가, 월급 이야기를 했다가, 결혼 이야기를 했다. 그 산만한 대화 속에서 이상하게도, 정말로 이상하게 그 선배가 다르게 보였다. 젊은 시절에 대학 잡지모델을 했었다는 선배, 열심히 하고 싶은데 마음먹은 대로 머리가 안 따라줘 슬프다는 선배, 후배에게 보기 부끄러워서 하루하루 노력한다는 선배, 다른 사람들처럼 말이라도 잘하면 좋을 텐데 말주변도 없어서 본인이 한 일을 포장도 못하는 선배, 이미 주홍글씨처럼 선입견이 박혀있는 회사 사람들에게 열 개의 일 중 아홉 개를 해내도 하나의 잘못된 일로 욕을 먹는 선배. 이야기 속에서 선배의 젊음이, 선배의 삶이, 선배의 인생과 고충이 보인다. 평범한 것과 다르다는 이유로 배척했던 자에게도 감정과, 생각과, 빛나는 삶이 있다. 각자 삶의 추와 무게가 있는 법이다. 그걸 그때야 깨닫는다.

통화가 끝났는지 고개를 푹 숙이고 한숨을 쉬는 손님. 대로변도 아니고, 오피스 상권도 아니고, 유동인구가 많은 곳도 아닌 어중이떠중이 애매한 곳에 위치한 내 카페. 그런 외진 카페에 흔해

빠진 커피를 마시러 온 건 우연이 아니었을지도 모른다. 손님에게 따뜻한 커피 한 잔과 달달한 쿠키 하나를 선물로 건넨다. 이리저리 거센 물살에 휩쓸려 지친 몸뚱이를 이끌고 방문한 이 카페에서 따뜻한 정을 마시길 바란다. 손님에게도 손님만의 젊음, 삶, 인생, 고충이 있을 테지. 부디 한 잔의 커피, 그리고 그 속에 담긴 카페인과 카페 주인장의 '응원'을 마시길 바라본다.

한때는 모델이었다는 선배, 멋있어요!

14.

보편적 편견에
갇혀있는 질문들

카페에 홀로 있는 시간이 길어지면서 단골손님들 몇 명과 독서모임을 시작했다. 심심해서 시작한 일이 지금은 카페의 활력이 되어주고 있다. 오늘 독서모임에 온 손님들께 주문받은 메뉴는 무척이나 다양하다. 우리 카페에서 가장 인기 있는 밀크티(내가 직접 만든 밀크티인데, 내가 먹어도 너무 맛있다), 샷을 세 개 넣은 바닐라라테, 따뜻한 페퍼민트티, 얼음을 가득 넣은 아이스 아메리카노, 카페라테, 흑임자라테 그리고 바닐라 밤라테까지. 하나도 겹치는 것 없이 가지각색이다. 머리에서는 순식간에 최적의 동선을 계산하고 몸을 움직인다. 뭐, 이 정도는 이제 식은 죽 먹기지!

손님들에게 드릴 음료와 내가 마실 카페라테를 들고 테이블로 간다. 이미 손님들 사이에는 하하호호 이야기꽃이 피었다. “자, 여러분 오늘 책 다 읽어오셨어요?” 손님들은 저마다 책을 읽은 소감을 이야기한다. 시간이 흐를수록 이야기는 점점 깊어진다. 책 속의 이야기와 자신의 삶을 비교해보기도 하고, 책 속의 등장인물과 동질감을 느끼기도 한다. 커피로 목을 축이면서 이야기를 주고받다가 “부모님 하면 생각나는 음식은 무엇인가?”라는 질문이 테이블로 올라왔다.

나는 이 질문에 아빠의 ‘설탕 국수’라고 대답했다. 아빠는 팔 남매 중 셋째로 태어났다. 집안이 찢어지게 가난한 탓에 어렸을 때부터 노동은 삶과 떨어질 수 없는 존재였다. 일하고 받은 품삯은 가족을 위해, 그리고 생계를 위해 쓰였다. 그리고 남은 쌈짓돈으로 아빠는 국수를 샀다. 국수는 싸고 양이 많아서 끼니로 제격이었다. 삶은 국수에 고기나 야채를 올리는 건 낭비고 사치였기에, 아빠는 그 위에 사카린이나 설탕을 쳤다. 아빠는 설탕을 끼얹은 국수가 그렇게도 맛있었단다. 아빠는 그때의 추억과 맛을 잊지 못해 가끔 나에게 설탕 국수를 만들어줬는데, 나는 도저히 한 젓가락 이상 들 수 없었다.

아빠는 왜 이 맛있는 걸 남기냐며 내가 남긴 국수까지 꾸역꾸역 드시곤 했다. 국수를 먹는 아빠의 표정은 참 설명하기 어려울 정도로 모호했다. 맛있게 후루룩 들이키는 것 같다가도, 그때 그 시절의 시간에 잠겨 멍하니 젓가락질을 하다가, 눈시울을 붉히며 다시 후루룩 순식간에 국수를 들이켰다. 설탕 국수 한 그릇에 담겨있는 아빠 삶의 무게는 아직도 다 헤아리기가 어렵다.

문득 다른 사람들은 어떤 대답을 할지 궁금했다. 그래서 단골 손님 한 분께 "부모님 하면 생각나는 음식이 뭐예요?"라고 여쭤봤다. 손님은 한참을 우물쭈물하다가 힘겹게 대답했다. "어렸을 때 부모님이 돌아가셔서요. 그냥, 그냥 엄마가 해준 밥을 먹어보고 싶다는 생각뿐이에요."

나는 순간 숨을 깊게 들이켰다. 아. 어째서 몰랐을까. 왜 몰랐을까. 왜 이제야 깨달았을까. 예전에는 미처 알지 못했다. 내가 얼마나 보편적 편견에 갇혀 살고 있었는지를. 삶의 형태가 이토록 다양하다는 사실을 미처 알지 못했다. 손님들이 주문한 음료가 가지각색인 것처럼, 손님들의 외모, 성격, 말투, 행동, 취향, 맛, 스타일부터 가족의 형태까지 다 다양할 수밖에 없다. 나는 왜 그 사실을 지금껏 깨닫지 못하고 있었을까. 태어나서 아빠, 엄마라고 부를 수 있는 가족을 만나고, 유치원을 가고, 학교를 가고, 친구를 사귀고, 직장을 다니고, 결혼을 하고, 새로운 가정을 꾸리고, 자녀를 낳고 사는 삶의 형태가 기본이고 보편적이라 생각한, 틀에 갇혀 있는 나 자신을 깨닫는다.

깨닫고 나니 보인다. 내 평소의 언어습관이 얼마나 편견에 차 있으며 자기중심적인지를. '결혼했으니 이 시기 즈음에는 자녀가 있겠지'라는 생각에, "자녀는 지금쯤 중학생인가요?" 대학교는 당연히 나왔겠다는 전제 하에, "전공은 뭐예요? 몇 학번이에요?" 부모님은 당연히 계시겠지라는 생각에, "이번 추석에는 부모님 뵈러 가시겠네요?" 동성애에 대한 고려가 전혀 없이 여자에게는 "남자 친구 있어요?", 남자에게는 "여자 친구 있어요?" 다문화가족에 대한 생각도 없이 "고향은 어디예요?" 내 생각 없는 질문 하나, 말 한마디가 상대방의 가슴을 후벼 파는 무기가 될 수 있음을 처절하게 깨닫는다.

이런 상황에 대처능력이 없던 나는 찰나의 순간을 억만금의 시간처럼 느끼며 굳어있었다. 다행히 손님은 유하게 분위기를 만들어주었다. 오히려 덤덤하게 자신의 이야기를 해주었다. 그런 손님께, 아니 취미를 같이 나누는 모임 친구에게 고맙고, 미안하고, 많은 걸 배운다. 아직도 삶을 살아가는 데 있어 '많은 걸 배워야 하는 어린아이구나' 깨닫는다.

박준 시인의 『운다고 달라지는 일은 아무것도 없겠지만』이라는 산문집에 이런 내용이 나온다. '나는 누군가와 대화를 나눌 때 한 문장 정도의 말을 기억하려 애쓰는 버릇이 있다 (…) 역으로 나는 타인에게 별생각 없이 건넨 말이 내가 그들에게 남긴 유언이 될 수 있다고 믿는다. 그래서 같은 말이라도 조금 따뜻하고 예쁘게 하려 노력하는 편이다. (…) 말은 사람의 입에서 태어났다가 사람의 귀에서 죽는다. 하지만 어떤 말들은 죽지 않고 사람의 마음속으로 들어가 살아남는다.'

내가 뱉은 한 마디의 말이 상대방에게는 유언이 될 수 있음을, 그 사람의 마음에 영원히 살아갈 수 있음을 깨닫는다. 오늘은 많은 것을 반성하고 깨우치는 날이다.

아...

제 2장

애매한 카페 사장, 하루에도 수십 번 울고 웃습니다

1.

인별그램 속
부질없는 약속

카페를 오픈한 지 얼마 되지 않았던 시점, 도무지 손님이 없자 홍보에 투자하기로 했다. 우선 많은 사람들이 사용하는 SNS인 인별그램을 활용하기로 한다. 인별그램에 제일 먹음직스러운 커피와 디저트 사진을 올렸다. 카페에서 제일 예쁜 부분을 찍어서 '인싸카페'라는 태그를 단다. 그 이후 거금 6만 원을 예산으로 책정하여 홍보를 시작했다. 인별그램 홍보는 얼마나 많은 사람들이 내 게시물을 확인했는지, 좋아요를 눌렀는지, 팔로우를 했는지에 각 금액이 책정된다. 의외로 사진들이 괜찮았는지 댓글과 좋아요가 무진장 달렸다.

'대박 조짐'이라며 동네방네 자랑했다. 좋아요도 100개가 넘었고, 팔로워도 200명으로 늘었다. 투자한 가치가 있었다. 홍보 예산 6만 원은 금방 소진되었다.

'투자를 해야 해, 그래야 소문이 나서 찾아오지.'

홍보비 10만 원을 추가했다. 그리고 '감성' 넘치는 카페 사진을 더 찍어서 10만 원짜리 홍보를 하나 더 늘렸다. 도합 26만 원이다. 무수히 많은 사람들이 홍보 게시글에 모였다. 홍보물을 본 사람들이 친구들을 태그해서 홍보비 그 이상의 효과가 있는 듯하다. 좋아요, 팔로워 수가 늘수록 홍보비는 빨리 소진되었다. 추가적으로 10만 원을 결제했다. 여기까지 36만 원이다. 그리고 기다렸다. 손님이 오기를 말이다.

홍보 효과가 꽤 괜찮았다고 생각했는데도 카페에 손님과 함께 있는 시간보다 혼자인 시간이 더 길었다. 손님이 많이 올 줄 알고 준비해둔 음료와 디저트는 금세 유통기한을 넘겨버렸고, 모두 내 뱃속으로 들어갔다. 빵만 먹어대니 뾰루지가 올라온다. 엄마가 해주는 고슬고슬한 밥에 따끈한 국, 집밥이 너무도 먹고 싶다.

'아직 홍보한 지 얼마 안 돼서 그럴 거야.'

2주가 지나도 손님은 하루에 열 손가락을 못 채웠다. 그중 두 손가락은 우리 엄마랑 아빠다. 워낙 손님이 없다 보니 엄마랑 아빠한테도 커피 값은 꼬박꼬박 받았다. 속상했다. 인별그램으로 수많은 사람들이 오겠다고, 너무 예쁘다고, 베이커리도 맛있어 보인다고 말했다. 그래, 그들이 오긴 했다. 손가락이 얹어진 컴퓨터와 휴대전화를 통해서 눈으로, 마음으로 왔을 테다. 인별그램 속 수많은 말들이 그저 지나가는 말이었다. 흘러가는 말.

빠르게 늘어나는 '좋아요'와 팔로워들은 바닷물 같았다. 밀물처럼 들어왔다가 썰물처럼 빠져나가는 게 바닷물이다. 문제는 썰물처럼 돈도 같이 쓸어갔다는 점이다. 결국 엄마, 아빠에게 커피 값을 뜯어내며 번 돈보다 홍보비에 쓴 돈이 더 많았다. 주변에 카페를 홍보해줄 지인들이 있긴 했다. 하지만 파워블로그를 한다는 몇몇 친구들에게 음료와 디저트를 무료로 갖다 바치면서까지 홍보하긴 싫었다. 그래서 선택한 온라인 홍보지만, 인터넷 속 관계와 말이 이렇게 가볍고 쉽다니!

결국 문제는 다들 아니라고 말했던 입지에 가게를 세운 내 잘못이려니 하고 체념했다. 웃긴 건 100명이 넘는 좋아요와 팔로워 수를 외면하지 못하고 홍보비 3만 원을 추가 결제했다. 인간은 이렇듯 같은 실수를 반복한다. 그리고 결국, 오늘도 나는 혼자다.

2.

‘애매한 카페’,
드디어 오픈했습니다만,
손님에게 음료를 쏟았습니다

토요일의 영향인지, 그나마 풀린 날씨의 영향인지 오늘은 카페에 손님이 꽤 와주셨다. 문제는 일곱 명의 손님들이 한 번에 왔다는 거다. 카페를 오픈하기 전 여러 상상을 하며 걱정했던 9,999가지의 일 중 8번째 상황이다. 아자, 힘내자!

그런데 손님들이 주문한 음료들이 대부분 따듯한 커피들이다. 차의 경우는 뜨거운 물에 찻잎을 우리기만 하면 되고, 시원한 아메리카노는 샷에 물만 부으면 된다. 하지만 따뜻한 카페라테는 샷을 내리는 동안 우유를 스팀기에 따뜻하게 데워야 하고, 머신에 묻은 원두를 털어내고, 스팀기에 묻은 우유를 닦아야 한다. 회사 다닐 때는 프로 멀티 플레이어였는데, 지금은 완전 몸과 생각이 따로 논다.

어찌어찌 아메리카노 4잔, 카페라테 3잔을 내리고 쟁반에 담았다. 유리컵이다 보니 묵직했다. 부들부들 떨리는 손으로 손님이 계신 자리까지 갔다. 한 고비를 넘어섰다고 생각해선지 힘이 풀렸다. 그 순간 커피잔은 바닥과 벽으로 내동댕이쳐졌다. 힘들게 내린 커피들은 손님의 하얗고 아름다운 코트를 흠뻑 적시고선, 본인들이 할 일은 다 했다는 듯 바닥에 장렬히 전사했다.

'시발, 망했다, 시발, 망했다.'

아니 이렇게 당혹스러운 순간에는 욕이 반사적으로 나오나 보다. 정적이 흘렀다. 손님이 없어 한적한 카페의 정적과는 차원이

다른 정적이었다. 금방이라도 무섭고 잔인하게 깨질 것만 같은 그런 정적이었다. 온몸과 손을 부들부들 떨며 주방으로 뛰어갔다. 어젯밤에 힘들게 빨아 말려온 행주 더미를 모조리 꺼냈다. 흥건해진 바닥에 무릎을 꿇으며 손님의 옷, 신발, 소지품을 닦았다. 입에서는 '죄송합니다'만 반복하고 있었다. 그 외에 어떤 말을 해야 할지도 모르겠고, 그 말만이 내가 할 수 있는 모든 말이었다. 아무리 닦아도 하얀 코트는 하얘질 생각을 안 한다. 창업하기 전 상상했던 '최악의 시나리오 1위'의 상황이 벌어진 것이다.

"커… 커피 다… 다시…"

"아니요, 이다음에 약속이 있어서….”

"화…환불…"

"네, 여기 카드요."

"저…명함… 연락…"

울음도 안 났다. 그저 온몸을 떨 뿐이었다. 그 손님과 같이 온 친구들은 '이러시니까 뭐라고도 못하겠다'라는 한 마디를 했다. 내가 봐도 내가 가여웠다. 카드 단말기에서 '취소' 버튼을 누르는 손은 눈에 보일 정도로 처량하게 떨리고 있었다. 다시 한 번 처절하게 사죄드리며 손님을 보냈다. 그 순간 새로운 손님 두 명이 입장했다. 난 세상 처량한 모습으로 주문을 받고, 커피를 내렸다.

다른 테이블에 앉아있던 손님이 갑자기 일어나시더니 가구를 닦기 시작한다. 또 그 뒷 테이블에 앉아있던 손님이 물티슈를 가져오더니 테이블을 닦으신다. 삼삼오오 모여 깨진 유리조각을 모으고, 커피가 튄 테이블과 의자를 닦기 시작한다. 잔잔한 음악소리가 카페 분위기를 진정시켜준다. 손님들의 따뜻한 배려가 나를 다독여준다.

한참의 시간이 흘렀다. 솔직히 나는 아직도 그 상황에서 헤어나오질 못했다. 커피 잔이 바닥으로 떨어지던 그 순간이 잊히지 않는다. 끈적이는 볼을 만져보니 튄 커피가 굳어있었다. 오른쪽 어깨의 커피 마른 자국이 아까의 상황을 말해주고 있었다. 일곱 잔의 커피는 1톤짜리 역기와 같았다. 내 두 손은 '감당하지 못할 무게를 들었군'이라며 덜덜 떨리고 있다. 손님한테 커피를 쏟던 그 순간 든 생각은 하나였다.

'작은 실수 하나로 카페 문을 평생 닫을 수 있겠다.'

사소한 실수 하나로 SNS에서 매장당하는 세상이다. 차라리 무릎을 꿇고 빌고 싶었다. 너무 죄송하다고, 그러니 SNS에 부정적으로 올리지 말아 달라고. 회사에서 팀장님한테 욕을 먹어도 이것보단 나았다. 진행하던 프로젝트가 생각처럼 잘 안 굴러가도 회사 일이니까 이 정도의 책임감과 부담감은 없었다. 회사원과 자영업자의 입장은 천지차이임을 다시금 깨닫는다.

여유롭게 공공기관에서 정규직으로 일하고 있을 때는 못 느꼈다. 밖에서 얼마나 처절하고 힘들게 살아가고 있는지 몰랐다. 경제위기라는 말이 뉴스에서 자주 보여도 내 일이 아니었다. 소상공인이 된 지금은 살아가는 게 처절해진다.

손님이 카페 소품을 훔쳐가도 소란스럽게 만들까봐 신고하지 못했다. 설거지를 하다가 컵이 깨져도 컵 값 걱정보다 손님들 눈치가 보였다. 손님께 커피를 쏟는 대형실수를 저지르자 폐업할까 두려워졌다. 추워지는 날씨에 손님이 전혀 오지 않으면 비참했다. 미세먼지 때문에 텅텅 빈 거리를 보면 암담했다. 경제위기로 주변 상가들에 '임대' 포스터가 붙었을 때는 곧 내 순서가 될 것 같아 슬펐다. 퇴직금을 몽땅 쏟아 넣어 시작한 이 카페, 로망으로 가득 찬 카페에서의 하루하루가 두려운 순간들이 있다.

싱크대에서 나를 바라보고 있는 테이블보.

3.

계절을 느끼다

오늘 카페로의 출근길은 참 기분 좋다. 추위가 한풀 꺾여 따스하다. 입고 나온 패딩 점퍼가 답답하게 느껴졌다. 그러고 보니 회사 다닐 때는 매일의 날씨를 모르고 살았다. 해뜨기 전 출근하고, 해가 지면 퇴근하는 게 일상이었다. 그날의 날씨는 거의 알 수 없었다. 차를 타고 출퇴근을 하니 더 그랬다. 비가 오거나 눈이 오면 적당히 맞고 뛰어다녔다. 에어컨을 틀어줘서 쌀쌀한 사무실, 난방을 틀어줘서 훈훈한 사무실. 적당한 온도의 사무실은 계절을 잊게 했다. 옷장에는 너무 얇지도, 두껍지도 않은 적당한 옷으로 가득하다. 하지만 지금은 온전한 계절을 느끼고 있다. 눈, 비, 바람, 서리, 새벽이슬, 태풍, 햇빛…. 모든 계절을 새로이 경험하는 중이다.

백미러를 살짝 보니 뒷좌석과 트렁크에 짐이 한가득하다. 여덟 평 남짓한 카페라서 별도의 창고가 없다. 깨끗하게 삶아온 행주, 종이컵, 냅킨, 빨대, 컵홀더, 청소도구 등 차가 얼마나 일을 열심히 하는지 기특해 죽겠다. '차 없으면 저 많은 짐들을 다 어쩌냐' 피식 웃음이 나왔다. 그때였다.

"쾅!!!!"

정신을 차려보니 구급대원과 경찰이 보인다. 주변이 윙윙거리고 머리가 울린다. 내 입은 자동으로 "괜찮다"만 반복한다. 흔들리는 머리를 짚고 차에서 내리려는데 문이 안 열린다. 구급대원이 반대편으로 내리라고 문을 열어준다. 정신없이 차에서 내려 경찰을 따라 안전한 곳으로 대피했다. 상황을 들어보니 좌회전을 하다가 직진 차량과 충돌했다고 한다. 평소 그 길은 신호가 없어서 사고가 잦은 곳이란다. 뒤를 돌아보니 카페가 있는 건물이 보인다. 코앞에서 사고가 났다니 미치겠다. '아, 그러고 보니 지금 몇 시지?' 부랴부랴 시계를 봤다. 오픈 시간이 얼마 안 남았다. 한 시간 일찍 오긴 했지만 사고 난 걸 마무리하고 가면 좀 늦을 것 같다.

카페를 오픈하기 전 스스로 다짐했다. 오픈 시간과 마감 시간은 손님과의 약속이니 꼭 지키자고 말이다. 맛집이라고 한 시간 거리를 찾아갔는데 갑작스런 휴무일이었을 때 얼마나 당혹스러웠던가…. 다행히 큰 사고는 아니다. 인명사고도 없다. 유리창에 사정없이 머리를 처박힌 것 같지만 견딜만하다. 차를 견인해주시는 기사님께 차에 중요한 짐이 많아서 그런데 저 앞 가게까지만 차를 끌어줄 수 있냐고 애절하게 부탁했다. 기사님이 흔쾌히 도와주신 덕분에 카페 앞에 모든 짐을 내렸다. 이제 좀 안심이 된다. 찌그러진 차를 본 경비 아저씨가 깜짝 놀라며 뛰어온다. 자초지종을 듣게 된 아저씨의 배려 덕분에 짐을 잠시 보관할 수 있게 됐다. 정말 다행이다.

오픈 시간이 되자 손님 두 분이 오신다. 손님과의 약속을 지켰다는 게 참 안심됐다. 커피를 내리는데 골이 흔들린다. 몸에 열도 오르는 것 같다. 하지만 내색하지 않으려 애썼다. 두개골이 깨질 듯이 아픈데도 손님에게 건강하고, 밝게 보이고자 무던히 애썼다.

그렇게 카페에서 13시간을 버텼다. 청소까지 깔끔하게 끝내고 퇴근했다. 다른 사람이 보면 미련하다고 욕할지도 모르겠다. 하지만 그날 내 마음은 하늘을 오를 만큼 가벼웠다.

회사 다닐 때는 교통사고를 기다렸다. 차에 치여서 한두 달 병가를 내는 게 소심한 희망이었다. 회사 동기들과 모여 점심을 먹으러 갈 때, 우스갯소리로 '횡단보도 건너다가 가볍게 치였으면 좋겠다'라는 말도 했었다. 가끔 몸이 안 좋을 때가 있긴 했다. 독감이라든가 몸살이라든가…. 그럴 땐 원래 아픈 것보다 두 배, 세 배로 아픈 척했다. 이렇게 아픈데도 불구하고, 출근해서 열심히 일하고 있으니 알아달라고 떼썼다. 이렇게 책임감이 강하니 연말 평가 점수는 잘 좀 달라고 시위했다.

오늘의 나는 달랐다. 지금의 나에게는 나를 평가할 팀장도, 평가제도도 없다. 오직 나 스스로를 돌아보는 기회만 있을 뿐이다. 매일이 기대된다. 오늘은 어떤 손님을 만날까, 어떤 재밌는 일이 있을까 궁금하다. 계절을 읊조리게 된다. '오늘은 어제보다 많이 따뜻해졌구나' '와! 새해 첫 눈이네!' '비가 왔는데 진눈깨비로 바뀌었네!'

늘 새로운 마음으로 앞으로를 기도하게 된다. 아프지 않길, 건강하길, 아무 사고 없길, 나 자신이 행복하길

4.

물 알레르기

나는 손을 더럽게 쓰는 편이었다. 하루 종일 먼지 쌓인 더러운 키보드를 두들겼다. 그리고 그 손으로 탕비실에 가서 과자를 주섬주섬 주워 먹었다. 먹기 전에는 고민이 많다. '아 손 더러운데….' 그것도 몇 초뿐. 그대로 과자를 집어 입으로 직행한다. 씻으러 화장실 가기도 귀찮고, 가는 시간도 아깝다. 그나마 깨끗하게 먹으려고 물티슈로 가끔 손을 닦기는 하는데, 정작 물티슈도 깨끗한지 잘 모르겠다.

최근에는 매일 손이 쓰리다. 카페는 청결이 중요하다 보니 손을 자주 씻게 된다. 커피 내리기 전, 커피를 내리고 나서, 뭐 물건을 하나 집고 나서도 꼭 손을 씻는다. 물로 씻고, 세정제로 씻고, 하루에 몇 번이고 씻는다. 덕분에 손은 매일 건조하다. 자기 전 핸드크림, 비싼 수분크림을 듬뿍 발라도 별 효과가 없다. 생각해보니 간호사인 친구도 손이 아프다고 했던 것 같다. 어떻게 관리하는지 물어봐야겠다.

"그거 답 없어. 나는 물 알레르기까지 생겼어."

물 알레르기? 난생처음 들어본다. 새우, 오이 알레르기 같은 건 들어봤어도 물 알레르기라니? 간호사는 직업 특성상 알코올로 손을 계속 닦는다고 한다. 몇 번이고 알코올로 손을 닦고, 또 닦는다. 그러다 보니 자연스럽게 손은 가장 건조하고 쓰라린 부위가 됐다. 눈가 주름을 펴주는 아이크림, 비싼 달팽이 크림 다 손에 발라봤지만 소용이 없었단다. 어느 날은 너무 쓰라리고 피부가 따끔거려서 알아보니 물 알레르기가 올라왔다고, 현재는 약도 먹고 있다고 한다. 친구는 '그래도 어쩔 수 없지'라고 덧붙였다. 왜 그 '어쩔 수 없다'는 한마디가 뭉클할까?

청결을 위해 매순간 손을 씻고, 하루에도 수십 번 설거지를 하느라 거칠어진 손을 본다. 새삼 '내가 하는 일이 바뀌었구나' 체감한다. 예전에는 손목, 두 번째 손가락, 그리고 허리가 아팠다. 하루 종일 앉아서 키보드를 두들기니 손목과 허리가 고생을 했다. 그런데 이제는 쓰는 부위가 달라졌다. 최근에는 제법 팔뚝에 근육이 붙었다. 장비를 옮기고, 식재료를 나르다 보니 힘이 세졌나 보다. 바지런히 움직이는 것도 익숙해졌다. 서 있는 시간이 길다 보니 발바닥도 단련됐다.

'어쩔 수 없다'라는 친구의 한 마디가 뭉클했던 이유를 알 것도 같다. 내가 선택한 길이니 어쩔 수 없이 나아가야 한다는 것. 그것이 나에게도 동력이 되어있음을 느낀다. 사무실에 앉아서 시간이 빨리 흐르길 기다리는, 죽어있던 내가 아니다. 종일 앉아있느라 배불뚝이 외계인 체형이 되어버린 걸 자책하는 내가 아니다. 내가 하는 일로 인해 일어나는 신체적인 변화가 새롭다. 나에게서 생명력이 느껴진다. 살아 움직이고 있음을 느낀다.

5.

남겨진 음료,
남겨진 나

오늘은 카페에 여자 손님 세 분이 오셨다. 서로 친구인지 엄청 행복해 보였다. 환하게 인사하고 주문을 받았다. 친구답게 세 분 다 아이스 바닐라라테를 시켰다. 바닐라 파우더, 시럽, 우유를 잘 섞어 만들었다. 바닐라라테는 자신 있었다. 별다방 바닐라라테만 마시는 친구도 인정한 라테니까!

음료가 나가고 손님들의 반응을 살피기 위해 귀를 쫑긋했다. 손님들은 속닥속닥 이야기한다. 보통 맛있으면 좀 큰소리로 이야기하시는데, 조용하면 맛이 없다는 이야기다. 온몸에 긴장이 되기 시작했다. 자세히 들어보고 싶은데 손님들의 목소리가 너무 작아 음악 소리에 묻혔다. 나는 한숨을 쉬고 다시 내 일에 집중했다.

한 시간 뒤 손님들이 나가셨다. 바로 테이블로 뛰어갔다. 불안한 짐작이 적중했다. 손님들은 음료를 다 남기고 가셨다. 한 분은 절반 정도 드셨고, 다른 한 분은 전혀 안 드셨다. 음료와 같이 나간 쿠키도 남겨져 있다. 이렇게 남은 음료들을 보면 가슴 아프다. 내가 만든 게 맛이 없는 걸까 싶어 슬프다. 그보다 더 슬픈 건 비싼 돈 내고 먹은 손님들의 기분을 생각할 때다. 이렇게 남길 음료를 돈 주고 마신 손님들은 얼마나 짜증날까.

주방으로 돌아와 남은 음료를 마셔본다. 내 입맛에는 딱 맞다. 뭐가 문제인 걸까. 다른 두 잔에 담긴 바닐라라테도 입으로 집어넣었지만 문제점을 못 찾겠다. 쿠키도 먹어본다. 바삭바삭한 코코아 쿠키. 뭐가 문제였을까. 갑자기 이런 상황이 답답하다. 꼴 보기 싫은 쿠키와 남은 음료를 곧장 싱크대에 부었다. 쏟아지는 음료를 바라보고 있자니 착잡하다.

오후 내내 신경이 쓰였다. 왜 음료를 남기셨을까. 뭐가 문제일까. 나는 카페에 가서 음료를 남긴 적이 한 번도 없었다. 맛없어도 돈이 아까워서 다 먹고 나왔다. 그런데 남길 정도면 얼마나 맛이 없다는 건가. 혼자 고민한다고 해결되지 않는다. 곧바로 카페 사장들이 모인 네이버 카페에 가입했다. 힘들게 등업 신청을 한 뒤 고민을 나눠보았다. 사장님들이 속속 댓글을 달아준다. 이 문제에 대한 공통적인 답변은 하나였다.

"모든 사람을 만족시킬 수 없다."

조금 밍밍한 맛을 좋아하는 손님, 단맛을 좋아하는 손님, 진한 맛을 좋아하는 손님. 세상 모든 사람의 입맛은 같지 않다. 각자의 기호가 있다. 원두도 마찬가지다. 카페를 시작할 때 원두를 고르는 것은 가장 큰 난관이다. 콩의 원산지에 따라서, 로스팅한 강도에 따라서, 각 원두를 어떻게 믹스하냐에 따라서 신맛, 고소한 맛, 담백한 맛 등 다양한 맛의 커피가 탄생한다. 그리고 각 고유에 맛에 따라 아메리카노에 잘 어울리는 원두, 라테에 잘 어울리는 원두가 따로 있기 마련이다.

문제는 이 작은 카페에서는 한 가지 이상의 원두를 고르기 어렵다는 점이다. 원두의 소비량, 공간, 장비, 예산 등을 고려했을 때 아메리카노나 라테에 무난하게 어울리는 원두를 선택할 수밖에 없다. 그러다 보면 맛도 뭔가 아쉽게 된다. 이 아쉬움을 달래기 위해 쿠키도 서비스하고, 보다 친절한 응대를 위해 노력한다. 하지만 역시 아쉽긴 아쉽다.

카페 사장이 되기로 결심한 이상 담대해져야 한다. 손님이 남긴 음료에 상처 받지 않을 담대함이 필요하다. 면전에서 맛없다고 해도 웃고 넘길 수 있는 용기가 필요하다. 무례한 손님이 와도 '죄송하다' '감사하다'라고 말할 수 있는 연기가 필요하다. 단돈 백 원, 천 원 때문에 구차해지는 나 자신까지 받아들여야 한다.

동시에 끊임없는 노력도 필요하다. 모두를 만족시킬 수는 없어도, 카페에 방문하는 99.8%의 손님들을 만족시킬 수 있도록 하는 노력이 필요하다. 결국은 혼자만의 싸움이다. 다양한 입맛에 좌지우지되지 않고 고정된 맛을 잡아내는 것. 끊임없이 맛을 업그레이드시키기 위해 노력하는 것. 멈추지 않고 새로운 메뉴를 개발하는 것. 치열한 고민과 노력이 필요함을 다시 한 번 뼈저리게 느낀다.

그 사람들이 커피를 안 좋아하는 사람들인데 시켰을 수도 있어.

혹은 한 잔을 시키면 다 못 마시는 손님일 수도 있고.

난 네 바닐라라테 좋아해.

- 그날 바닐라라테를 시식하러 온 친구 曰

6.

애매한 씨와 관리비 고지서

애매한 씨의 애매한 카페는 두 동짜리 아파트 앞의 자그마한 건물에 있다. 그 건물은 전체면적 66㎡ 규모의 1층짜리 건물이다. 건물주는 그 공간을 절반으로 나눠 임대를 내놨다. 둘 중 하나에 애매한 씨가 입주한 애매한 카페가 있다. 다른 공간에는 아직까지 '임대·입주문의 환영' 플랜카드가 나부끼고 있다.

애매한 씨의 카페 맞은편에 있는 두 동짜리 아파트는 공실률 50%에 육박한다(지금은 거의 입주해있다). 공실률을 메워주려는 듯 아파트 주변에는 꺼무죽죽한 고양이랑 주홍빛 얼룩이 고양이들이 무리 지어 산다. 애매한 씨는 가끔 고양이들과 눈을 마주친다. 서로 이웃임을 확인하기 위한 하나의 과정이다.

애매한 씨는 오픈한 지 세 시간이 지나서야 첫 개시를 했다. 애매한 씨의 취향인 팝 음악을 잔잔한 재즈음악으로 바꿨다. 가끔 음악마다 소리 크기가 다른 경우가 있다. 애매한 씨는 그때마다 볼륨을 높였다, 줄였다 하며 적정한 분위기를 유지하고자 애쓴다. 첫 손님은 여유로운 분위기를 양껏 즐기다가 입가에 웃음을 머금은 채 카페를 나간다. 한 시간쯤 지나서 새로운 손님이 왔다. 아, 이번엔 손님이 아닌가 보다. 애매한 씨는 누렇고 빳빳한 종이 한 장을 받는다. 그 종이에는 '관리비 내역 및 고지서'라고 써져 있다. 애매한 씨는 감사하다고 인사를 건네고 고지서를 뜯어본다.

77,770원.

럭키세븐. 애매한 씨는 운이 좋은가보다. 그런데 애매한 씨의 표정이 좋지 않다. 고지서를 자세히 들여다보니 전월 관리비는 48,890원. 일반 관리비, 청소비, 경비비, 소독비 모두 올라 총 28,880원이나 더 부과됐다. 2019년에는 7만 원 이상의 관리비가 매달 부과될 것이다. 거기서 끝이 아니다. 앞으로는 방역비, 환경개선비, 소방비, 전기 안전비, 주차 관리비 등 여러 명목의 비용이 덕지덕지 붙을 것이다. 애매한 씨는 한숨을 쉰다.

"어제 깜빡하고 난방기 켜놓고 갔는데…."

애매한 씨는 전기세도 오르고, 물가도 오르고, 관리비도 오르는데 왜 매출은 안 오르는지 걱정이다. 관리비 고지서를 뚫어지게 쳐다본다. 생각해보니 억울한가 보다. 애매한 씨는 혼자 구시렁거리기 시작한다.

"아니 생각해보니까, 관리하는 게 뭐 있다고 이렇게 올려서 받는 거지? 열 평도 안 되는 카페인 데다가 손님도 없는데 공동시설에 관리할 게 뭐 있는 거지? 생각할수록 억울하네. 관리소 가서 따질까?"

한참 동안 혼잣말을 중얼거리던 애매한 씨는 곧 체념했다. 괜한 곳에 화풀이하지 말자고 마음을 고쳐 잡는다. 애매한 씨는 애매한 카페의 이웃들을 떠올려본다.

꺼무죽죽한 고양이, 주홍빛 얼룩이 고양이. 그리고 추운 날씨에 밖에서 쓰레기를 주우시는 환경미화원 아주머니. 카페를 오픈하고 닫는 동안 애매한 씨를 지켜주는 경비 아저씨. 애매한 씨의 편의를 봐주려 항상 애써주시는 관리소 소장님.

애매한 씨는 때마침 입금된 자동차 사고의 위로금 10만 원 중 77,770원을 계좌 이체했다. 애매한 씨는 애매한 카페를 쭉 둘러본다. 그리고 또다시 중얼거린다. 우리 힘내 보자고. 애매한 씨와 애매한 카페, 그리고 카페의 이웃들을 향해 그렇게 중얼거린다.

7.

선물 받은 봄이
꺾였다

오늘도 카페 문을 열었다. 오전부터 활짝 열어뒀는데 손님은 통 없다. 앉아서 휴대전화를 만지작거리다가, 책도 읽으면서 열심히 시간을 때워본다. 그렇게 얼마나 시간이 흘렀을까. 단골손님이 들어오신다.

"엄마!"

텅 빈 카페에서 잔잔히 흘러나오는 음악을 듣고 있자니 우울했는데, 엄마 얼굴을 보니 반갑다. 오늘의 첫 손님이자 단골손님인 엄마의 주문을 받았다. 따뜻하게 우유를 데우고, 에스프레소를 넣은 카페라테를 엄마에게 들고 갔다. 엄마는 들고 온 큰 검은 봉지에서 주섬주섬 무언가를 꺼낸다. 화분이다. 화분에 심긴 꽃이 시선을 뺏는다. 샛노란 잎이 방울방울 달려 있다. 파르르 떨리는 방울들이 묘한 모성애를 자극한다. 생각해보니 카페에 선인장, 스투키 같은 초록 식물들은 있는데 꽃은 없었다. 초록색 식물들 사이 노란 망울의 꽃은 도드라졌다. 노란 꽃잎을 바라보고 있자니 기분이 좋아진다. 봄이 왔구나. 봄. 엄마에게 봄을 선물 받았다.

잠시 뒤, 봄의 따스한 기운 덕분일까 손님이 오셨다. 무려 네 명이나. 오늘은 유치원이 쉬는 날이라고 어머님 두 분과 꼬꼬마 숙녀 둘이 왔다. 꼬마 숙녀들은 테이블에 앉아서 가져온 스케치북에 열심히 그림을 그렸다. 서로의 그림을 보여주며 키득거리는 모습이 어찌나 천사 같던지. 곧 날아갈 것 같이 귀여웠다. 잠시 뒤

그림 그리기가 지겨워졌는지 카페를 뛰어다닌다. 날기 위한 발돋움을 하려는 건가? 다행히 다른 손님들도 없고, 행복해하는 두 천사들의 모습을 보니 말리기도 애매했다. 어머님들은 그동안의 육아에 지쳐서 수다 삼매경이었다. 그동안의 노곤함이 커피 한 잔에 사르륵 녹는 기분인가 보다. 두 분도 그렇게 아이들과 같이 여유롭고, 그리고 즐거운 시간을 보내다 가셨다.

카페를 시작하기 전 '노키즈존No Kids Zone'이 확대된다는 뉴스를 접하고 한숨이 나왔다. 아이들과 행복한 시간을 보내기 위해 나들이를 나온 가족들, 여기저기 다 노키즈존이라는데 어디를 갈까? 웬만한 곳들은 다 눈치를 주며 '맘충'이라고 불러대는데 어디를 갈까? 나마저도 아이를 낳을 생각이 싹 사라진다. 이러니까 출산율이 줄어들지. 그런데 뭐랄까. 막상 눈앞에 펼쳐진 광경을 보니 웃음만 나왔다.

떨어진 크레파스 조각이 의자에 긁혀서 바닥에는 흰색과 빨간색의 줄이 사방팔방 그어져 있다. 스케치북을 뜯으면 나오는 종이조각들이 난방기 바람에 나풀나풀거린다. 뭉텅이의 냅킨 더미와 물티슈 무덤. 아이들에게 음료를 따라주기 위해 받아간 종이컵 2개 안에 가득한 찢긴 쓰레기들. 뭐, 치우는 거야 자신 있다. 아무 생각 없이 청소하면 스트레스가 풀리는 기분마저 든다. 어차피 손님도 없는데 할 일이 생겨서 오히려 기쁘다.

마지막으로 바닥을 닦을 차례가 되었다. 바닥에 쭉 그어진 크레파스를 따라가며 닦는다. 크레파스의 끝 지점을 보니 화분이

보인다. 엄마가 오늘 주고 간 노란 봄을 닮은 화분. 그런데 얘가 그 잠깐 사이 가을이 돼있다. 샛노란 방울들은 화분 받침에 눈을 감고 잠들었다. 방울들 옆 기다랗게 뻗어있는 초록 잎들도 뜯겨나가 오들오들 떨고 있었다. 그렇게 선물 받은 봄이 꺾여 버렸다.

아, 손이 떨리기 시작한다. 다른 건 다 참을 수 있다. 나무 의자에 포크로 흠집을 내놓아도, 바닥에 음료를 내동댕이 쳐놔도, 접시를 깨뜨려도, 소품을 망가뜨리거나 몰래 가져가도 괜찮았다. 솔직히 속으로는 부글거릴 때도 있지만, 그래도 괜찮았다. 하지만 꽃이 꺾이니까 지금까지 참았던 마음들이 울컥하고 쏟아져 나온다. 내 마음속 폭풍우가 몰아친다. 봄은 순식간에 내 마음에 겨울을 몰고 왔다.

8.

아아,
드디어 손님께서
음료를 쏟았습니다

아아, 드디어 카페에 또 음료를 쏟았다. 이번엔 내가 아니라 손님이다. 작은 공간을 정성스레 꾸민다고 테이블마다 하얀 레이스 테이블보를 두었는데, 테이블보가 축축하게 갈색으로 물들었다. 손님은 '아.' 하고 상황을 말해준다. 한편에 차곡차곡 개어놓은 행주 더미를 들고 테이블로 갔다. 일단 손님의 상태부터 봤다. 손님의 위아래 옷은 모두 멀쩡했다. 소지품에도 튀지 않았다. 손님이 혹시 깨진 유리에 다치지 않았나 확인해본다.

"저는 괜찮은데, 테이블보가…." 나는 테이블보를 바라본다. 테이블보 위에는 얼음이 나뒹군다. 커피를 머금고 있는 갈색 물은 기다란 테이블보를 타고 뚝뚝 바닥으로 떨어진다. 테이블 밑을 바라본다. 손님이 급하게 수습하려고 했는지 냅킨 뭉텅이가 축 늘어진 채로 바닥에 널브러져 있다. '아, 족히 40장은 되는 것 같은데.' 당황해하는 손님께 다가가 말을 건넨다. "괜찮아요, 제가 다른 데로 테이블을 옮겨드릴게요!"

손님들이 다른 테이블로 자리를 옮긴다. 재빠르게 행주 두어 개를 바닥에 두고 테이블보를 걷었다. 얼음이 바닥으로 떨어지지 않게 테이블보를 보자기처럼 돌돌 말았다. 그리고 그 밑에 쟁반을 받쳐 싱크대로 가져갔다. 다시 사고 현장으로 돌아와 테이블에 묻어있는 음료를 닦아냈다. 가구들을 살펴보니 역시 음료가 튀어있다. 마른행주로 우선 닦고, 젖은 행주로 한 번 더 닦으니까 금방 깨끗해진다. 그래도 한 번 쏟아봤다고 이제 손이 제법 빨라졌다.

마지막으로 바닥을 닦고 있는데 무언가 찜찜해서 벽을 봤다. 하얀 벽에 튄 음료 자국들. '아아, 신이시여. 제게 어찌 이런 시련을 주시나이까.' 아무리 문질러봐도 커피 자국은 지워질 생각을 안 한다. 손님들이 여기를 힐끗거리는 걸 보니 걱정되나 보다. 괜히 걱정 끼쳐드리기 싫어서 대충 갈무리하고 부엌으로 돌아왔다. 싱크대 안에 있는 테이블보는 흐르는 물에 대충 헹궈본다. 안 된다. 안 돼. 들고 가서 삶아야겠다.

카페를 오픈한 지 반년도 안 되었는데 벌써 여기저기 훼손된 자국들이 보인다. 포크로 긁힌 의자, 잦은 설거지로 인해 문양이 벗겨진 컵과 그릇들, 이빨 자국이 남은 식기와 커트러리, 커피 자국이 남은 하얀 벽, 벌써 두 번째 바꾼 테이블보. 그래도 임대 계약한 2년 동안은 아무 문제없이 쓸 수 있을 줄 알았는데, 감가상각을 다시 해야 할 것 같다.

문득 불공평하다는 생각이 들었다. 나는 손님한테 음료를 쏟아서 한 달 치 매출액을 배상해드렸는데, 정작 훼손에 대해 아무런 배상을 못 받다니 부당했다. 하지만 주변을 둘러보고 꾸욱 눌러 참았다. 아직도 옆 가게는 '상가 임대·문의 환영' 플랜카드가 붙어있다. 조금만 걸어 나가봐도 빈 상가가 허다하다. 도보로 1분만 걸어가면 또 다른 카페가 보인다. 여기는 '읍'에 위치해있지만 내 주변만 해도 카페는 다섯 개나 있다. 친절한 사장, 맛있는 음료, 배려 넘치는 카페가 되기 위해서는 어쩔 수 없다. 살아남기 위해서는 어쩔 수 없다.

카페의 소품, 가구들, 식기도구는 모두 소모품일 뿐이다. 소모품은 언젠가 교체해야 하고, 그게 지금일 뿐이다. 조용히 장부에 '깨진 컵 값 1만 5천 원, 지워지지 않는 테이블보 3만 원'이라고 적었다.

9.

카페 사장의
개인정보는 안녕!

오늘은 운이 좋나 보다. 손님 두 분이 밖에서 기웃거리다가 들어오신다. 자리에서 벌떡 일어나서 환대한다. 손님은 인테리어를 한참 구경하다가 메뉴판을 보신다. 최대한 상냥한 목소리로 시그니처 메뉴에 대해서 설명해드린다. 손님들은 이런 시골에서 볼 수 없는 특색 있는 음료가 많다고 칭찬하신다. 절로 기분이 좋아진다. 그중 한 손님이 "여기 자리가 장사는 잘 되나요?"라고 물어본다. 난감한 질문이다. 장사가 안 되는 파리 날리는 집이라고 말할 수 없다.

"앞에 아파트에 입주민이 적은 편이라 아직은 많지 않은데, 소문 듣고 멀리서 와주시는 분들이 꽤 계세요"라고 두루뭉술하게 둘러서 이야기한다. 손님은 본인도 뷰티 쪽 자영업을 하고 계신다고 이야기하시며, 힘내라고 응원해주신다. 음료를 주문할 듯 주문하지 않는 손님들 앞에 웃으며 서 있었다. 그러자 손님이 가방에서 주섬주섬 무언가를 꺼내신다. 태블릿이었다.

"혹시 종교 있으세요?"

아뿔싸! 표정이 딱딱하게 굳었다. 다른 할 일 다 제쳐두고 손님들께 웃으며 응대했는데 돌아오는 대답은 주문이 아니라, 종교 믿느냐는 말이었다니. 굳어지는 입매를 힘주어 올리려고 무던히 애썼다. 손님은 테이블에서 동영상 하나를 틀어주며 들어보라고 하시고, 다른 손님은 뒤에서 고개를 주억거리고 있다. 제발 동영상이 짧게 끝나기를 간절히 바라며 태블릿을 바라봤다. 태블릿의 동영상은 '네' '아니오'를 클릭할 수 있게 애니메이션 형식으로 만들어져 있었다. 요새 세상 많이 좋아졌구나.

동영상을 대충 마무리하자 개인정보를 입력하는 란이 나온다. 성경 세미나, 강연 같은 게 있으면 연락을 주신다고 입력하란다. 용기 내서 솔직히 말했다. "사실 이런 종교는 제가 처음 들어봐서 조금 두려운 게 있어요. 어떤 종교인지 오늘 처음 알았으니까, 나중에 관심 갖게 되면 검색해서 연락드리겠습니다. 처음 접하는 제 마음도 이해해주세요." 손님들은 알겠다는 듯 고개를 끄덕이다가 카운터에 있는 명함을 뚫어져라 보신다. 가끔 카페 위치를 물어보거나, 다른 손님들한테 홍보해주신다는 손님들이 있어서 만들어놓은 명함이다. 명함에는 내 이름, 전화번호, 이메일 주소까지 몽땅 나와 있다. 손님은 가끔 놀러 오겠다는 말을 남긴 채 내 명함을 들고 간다. '하. 내 개인정보.'

초보 카페 사장은 처음이라 모든 게 어리숙하다. 특히 손님에게 잘 보이고 싶어서 싫은 소리 못하는 사장은 고달프기까지 하다. 카페 오픈 처음에는 택배 때문에 골머리를 앓았다. 택배를 맡아 달라는 분, 잘못 온 택배를 주고 가시는 분, 착불비를 대신 드린 분. 이런 분들이 잠재적인 손님이기 때문에 싫은 소리를 못했다. 카페의 보증금, 월세, 권리금을 물으시는 분들께 "부동산에 가세요"라고 말하지 못했다. 밖에서 사온 음식을 드시는 손님에게 "집에 가서 가족들과 함께 드세요"라고 말하지 못했다.

지켜보는 가족과 친구들은 이런 사장이 답답하기만 하다. 처음에는 나도 이런 내가 답답했다. 주변의 수많은 조언에도 불구하고 쉽게 바뀌지 않았다. 주변의 잔소리에도 불구하고 여전히 싫은 소리 못하는 사장이다. '이게 나구나' 인정하고야 만다. 이런 게 별 수 없이 나의 모습이구나 한다. 결국 긍정적으로 생각하기로 했다.

'애매한 씨는 오늘 개인정보를 팔아서, 글쓰기 소재를 획득하셨습니다.'

10.

행복을 주는 손님

카페에 방문해주시는 손님들은 모두 소중한 분들이지만, 그중에서도 카페 사장을 웃게 해주는 손님들이 있다. 기억에 남는 손님들을 몇몇 적어본다.

'날씨가 궁금한 손님'

50대 중후반의 웃음이 매력적인 손님 네 분. 손님들은 요새의 기술에 대해서 열띤 토론 중이다. 그러다 한 분이 휴대전화를 꺼내고 큰 소리로 말한다. "내일의 날씨가 어떻게 되나요?" 휴대전화는 상냥하지만 조금은 딱딱한 기계음으로 말해준다. "구름이 조금 끼고 비가 올 예정입니다. 우산 잊지 마세요." 손님은 화창한 창밖을 바라보더니 한마디 더한다. "거짓말하지 마세요." 그런데 잠시 뒤 장난스럽게 느껴지는 기계음이 들린다. "저는 진실만을 말하는 걸요." 카페 안 여기저기서 피식피식 바람 빠지는 소리가 난다. 그날은 결국 병아리 눈물만큼의 비가 왔다.

'걷는 소리가 안 들리는 손님(feat. 다크템플러)'

그날따라 유독 조용한 카페를 둘러보다 냉장고 정리를 시작했다. 재료들 유통기한도 다시 한 번 점검하고, 냉장고에 성에가 꼈는지 확인한다. 그렇게 냉장고 청소에 열을 올리고 있는데, 뒤에서 누군가 "사장님" 하고 부른다. 20대 중후반의 바닐라라테를 좋아하는 손님이셨다. “으아아악!” 손님의 면전에 대고 소리를 지르고, 손에 들고 있던 행주를 바닥으로 내던졌다. 입구에서 ‘딸랑’ 소리도 안 들렸는데! 기척도 없었는데! 발걸음 소리도 안 들렸는데! 손님은 이런 나를 보고 빵 터져버린다. 민망하면서도 웃긴 이 상황에 함께 빵! 웃어버린다. 손님한테 행주를 안 던져서 참 다행이다.

‘태풍을 함께 이겨낸 손님들’

처음 와본 카페에서 노동을 겪고 만 손님 세 분 이야기다. 비 온다는 소식이 있어서 구름이 가득 끼어있던 날이었다. 오후 2시밖에 안 됐는데도 밖이 어두워서, 조명이 밝게 느껴졌다. 마른하늘에 번개가 번쩍 치더니, 무지막지하게 바람이 분다. 바람으로 카페의 유리문이 ‘쾅!’ 하고 열렸다. 유리창에 자잘한 돌멩이들이 ‘팍!’ 하고 부딪힌다. 손님 셋, 그리고 나. 우리는 다같이 소리쳤다. “어마맛!!!!” 엄청난 양의 모래와 나뭇가지, 어딘가 나뒹굴었던 쓰레기들이 가게 안으로 들어온다. 다들 머리가 엉망진창으로 날리고 있다. 뒷머리를 질끈 묶은 덕분에 앞머리만 바람에 팔랑팔랑 거렸다.

손님 두 분은 앞문으로 가서 문을 잠그고, 나는 밖에 내놓은 배너를 가게 안으로 들고 왔다. 다른 한 손님은 내가 들어오길 기다렸다가 재빨리 문을 잠갔다. 양쪽 문을 다 잠그고 나서, 우리는 서

로를 번갈아본다. 그리고 우리는 무언가 통한 것처럼 미친 듯이 웃었다. 온갖 쓰레기들이 들어와서 카페는 엉망진창이 됐지만, 그냥 마냥 웃긴다.

매일 아침 똑같은 시간에 일어나서, 똑같은 버스를 타고, 똑같은 회사로, 똑같은 사람들을 만나던 일상. 그런 일상에서 이제는 손님이 많거나, 적거나, 없는 날도 있는 일상으로 바뀌었다. 손님들은 매일 달랐고, 손님들이 이야기하는 주제도 매번 달랐다. 똑같다는 안정감에서, 다르다는 불안정을 느낄 때 괴로웠다. 하지만 똑같지 않은 하루, 매번 다른 하루에 전에 없던 '재미'가 있다. 삶을 살아가는 진짜 '재미'가!

오늘도 애매한 인간의 카페를 방문해주신 손님 여러분 감사합니다. 덕분에 오늘 하루도 행복합니다.

11.

카페 이용객,
카페 사장의 입장 차이

요즈음 카페들은 메뉴부터 공간까지 하나같이 아름답다. 맛있는 음료와 디저트도 중요하지만, 그만큼 눈으로 보여주는 것도 중요해서다. 역시 먹음직스럽고, 아름다워야 더 맛있게 느껴지는 법이다. 그런 의미에서 최근의 카페들은 빨대로 휘젓기 싫어지는 예쁜 음료들, 포크로 쪼개기가 두려운 디저트들을 주로 판매한다. 커피를 마시러 온 건지, 아름다움을 마시러 온 건지 헷갈릴 정도다. 먹을거리뿐만 아니라 분위기도 한몫한다. 그 카페만의 특색있는 인테리어, 귀를 사로잡는 음악, 여유롭게 앉아있는 사람들, 이 모든 게 잘 어우러지면 아름답다.

게다가 요즈음 카페들은 하나같이 쾌적하다. 자유롭게 와이파이를 이용할 수 있고, 전자기기를 충전할 수 있고, 시원한 물도 마실 수 있고, 화장실도 마음대로 쓸 수 있다. 이러한 분위기에서는 공부를 하던, 휴대전화를 하던, 업무를 보던, 뭘 하던 집중이 잘 된다. 그래, 이게 '카페'다.

나는 이제 카페 이용객에서 카페 사장으로 입장이 바뀌었다. 음료와 디저트의 맛뿐만 아니라 아름다움까지, 두 마리 토끼를 잡는 게 보통 일이 아니다. 게다가 아름답게 만든다는 건 그만큼 돈이 든다는 의미이다. 음료 위에 올라가는 데코용 허브, 식용 꽃 등도 다 돈이다. 디저트도 마찬가지다. 작은 카페에서는 여러 종류의 디저트를 준비하는 게 쉽지 않다. 디저트를 만들 수 있는 주방도 필요하고, 수십 가지의 베이킹 도구들도 필요하다.

종류를 늘리기 위해 디저트 전문점에서 몇 가지를 납품받기로 했다. 납품받은 디저트들은 뻔하게 생겼다. 게다가 손님들이 귀신같이 알고 물어본다. "수제예요?" 그래, 요새는 뭐든 '수제'가 트렌드다. 결국 두어 가지 디저트만 남기고 나머지는 포기했다. 디저트보다 음료에 집중하기로 했다. 자급자족을 위해 데코용 풀로 허브 화분을 하나 샀다. 조금 자라면 잘라서 잡아먹고, 자라면 잡아먹는다. 어느새 허브가 땅에 붙을 정도로 짧아졌다. 미안해. 마이 헙.

카페의 쾌적한 환경을 즐길 때랑, 그 환경을 제공할 때랑은 확실히 다르다. 요새 카페에 가면 기본으로 있는 와이파이, 그 와이파이를 위해 3만 3,000원짜리 요금제에 가입했다. 그런데 인터넷 한 회선당 전자기기가 4대밖에 연결이 안 된단다. 한 손님이 와서 노트북, 태블릿, 휴대전화를 쓰면 끝이다. 전자기기 연결 개수를 늘리고 싶으면 인터넷 회선을 하나 더 가입해야 한다. 아직까지 그렇게 급하지 않으니까 우선은 그냥 쓰기로 한다. 그런데 오늘 인터넷 추가 가입을 해야 하나 진지하게 고민했다.

한 손님이 카페에 방문했다. 카페에서 재택근무를 시작한다. 중간중간 통화하는 이야기를 들어보니 보험사 직원이신가 보다. 그 손님은 3,500원짜리 아메리카노를 한 잔 시키고 6시간째 앉아계신다. 손님의 노트북, 태블릿, 휴대전화는 모두 와이파이가 연결돼 있다. 손님의 기기는 모두 콘센트에 꽂혀있다. 손님은 목마르면 시원한 물도 마시고, 화장실에도 다녀온다. 그렇게 시간이 흐르고 한 손님이 카페에 오셨다. 와이파이를 쓰고 싶은데 자꾸 연결이 안 된단다. 아, 연결 개수 초과됐구나. 손님은 두 명밖에 없는데, 휴. 나는 그렇게 내 노트북의 전원을 껐다.

요새는 손님이 귀한 시대다. 그러다 보니 모든 손님이 반갑다. 한 분의 손님도 소중하다. 하지만 지금은 잘 모르겠다. 카페의 특성상 어쩔 수 없다고 생각해본다. 손님이 카페에서 공부를 하던, 휴대전화를 하던, 업무를 보던 그건 손님이 카페를 방문한 이유다. 손님이 음료를 사 마시는 이유다. 알고 있다. 스스로 이해하려고 노력해본다.

그렇지만 왜 자꾸 그 손님이 미워지는 걸까. 왜 계속 짜증이 날까. 카페에 시간제한을 둘까? 다음번에는 업무는 자제해달라고 말해볼까? 콘센트에 얼기설기 얽혀있는 충전기들을 바라본다. 그러나 정작 얼기설기 얽혀있는 건 꼬여있는 내 마음이다. 처음에 생각했던 '카페'를 떠올려본다. 카페는 맛있는 커피 한 잔으로 하루의 피로를 사르륵 녹일 수 있는 공간이었다. 카페는 무엇보다도 편안하고, 자유롭고, 고즈넉했던 공간이었다. 카페를 열면서, 회사에서처럼 수많은 규정과 규칙에 얽매이기 싫었다. 하지만 어느 순간에, 언제부터인가 마음속으로 새로운 규칙을 만들고 있다. 1인 1음료, 노키즈존, 3시간 이용제한, 애완동물 금지.

내가 만들고 싶었던 '카페'는 이런 모습이 아니었는데.

12.

역대 최고의 진상 손님

카페에서의 하루하루는 어느새 일상이 되었다. 출근하자마자 환기를 시키고 청소를 시작한다. 냉장고 속 재료들의 유통기한을 관리하고, 재고가 부족한 재료들을 인터넷으로 주문한다. 손님이 들어오면 주문에 따라 커피를 내려 서빙을 하고, 손님이 없으면 세상 돌아가는 소식을 듣기 위해 인터넷 뉴스를 찾아본다. 오늘도 여느 때와 다름없이 한가한지 바쁜지 모를 애매한 하루를 보내고 있다. 아니, 있었다. 하지만 오늘 카페에 역대 최고의 진상 손님이 등장하면서 최악으로 바쁜 하루가 되고 말았다.

이 진상은 보통이 아니다. 절대 혼자 오지 않는다. 항상 떼거리로 몰려온다. 혼자 오면 겨뤄볼 만한데, 떼거리로 몰려오니 속수무책이다. 한꺼번에 달려들어서 나를 힘들고 고통스럽게 만든다. 진상 손님의 정체는 바로 벌레님이시다. 하루살이인지, 초파리인지, 날파리인지 뭔지 모르겠다. 밤만 되면 밝은 불빛을 보고 벌레떼들이 카페를 덮친다. 천장에 달린 전등, 간판, 유리창, 냉장고, 커피머신 등 불이 조금이라도 번쩍하는 곳이면 다 달라붙는다.

언제 한 번은 얘네가 누구인지 정확하게 알고 싶어서 관찰을 해봤다. 연한 초록색 몸뚱이에 살짝 긴 더듬이, 투명한 날개가 특징이다. 인터넷에 검색해보니 '노랑털깔따구'라는데, 인터넷상 사진보다 실물이 더 연약하고 귀엽게 생겼다. 노랑털깔따구 말고도 검은색 날개를 펄럭이며 날아다니는 작은 벌레들이 눈에 띈다. 앞을 제대로 못 보는지 내 얼굴에 부딪혀 죽은 애들도 꽤 된다. 유리창에서도 가끔 미미한 소리가 탁, 탁 하고 들린다. 유리창에도 부딪히나 보다. 유리창 창틀에는 허무하게 생을 마감한 검은 점 같은 것들이 마구 떨어져 있다. 지켜보는 중에도 유리창에 부딪힌 새로운 점들이 늘어난다. 하.

나는 벌레라면 병적으로 질색팔색 한다. 그중 제일 싫어하는 건 거미다. 길을 걷다가 가끔 얼굴에 거미줄이 걸릴 때가 있는데, 너무 싫어서 길에서 소리를 지르는 정도다. 어느 날은 집에 덩치가 큰 거미가 숨어 들어왔다. 나는 그 거미를 피해 집을 나왔다. 결국은 아빠 손을 잡고 집에 다시 와서 거미를 잡고, 방 곳곳을 청소하고 나서야 집에 들어올 수 있었다. 아빠는 손에 휴지를 몇 번 감은 뒤, 그 휴지로 조심스럽게 거미를 잡고 창밖으로 던졌는데 난 그게 영 못마땅했다. '다시 기어들어오면 어쩌지?' 온몸이 파르르 떨린다.

그런데 카페를 창업하고 나는 돌변했다. 어느새 벌레를 보면 팍팍 잘 잡는 사람이 됐다. 눈앞에 날아다니는 날파리는 손으로 팍 낚아채 잡아버린다. 유리창이나 냉장고에 붙어있는 벌레들은 휴지 한 장으로 꾹꾹 누른다. 휴지 한 장에 서른 마리 이상의 벌레들이 묻어있다. 벌레들의 목소리가 들리는 것만 같아서 손이 떨린다. 금방이라도 소리 지르고 싶다. 하지만 떨리는 목 울림을 꾹 참고, 유리창에 붙어있는 벌레들을 휴지로 꾹 눌러 잡는다.

잘못하다가 너희가 손님 음료에 들어가면 어떻게 하니? 너희가 너무 많아서 손님들이 카페에 안 들어오면 어떻게 하니? 나도 먹고살아야 하지 않겠니?

13.

왜 공부에
매달리냐고요?

우리 카페 한구석에는 『독학 스페인어 첫걸음』 『중국어 HSK 6급 단어장』 『해커스 토플』 따위의 책이 쌓여있다.

심심해서 한두 권 들고 온 것이 어느새 탑처럼 가득 쌓였다. 오늘은 무슨 공부를 해볼까? 중국어는 성조 때문에 독학으로 공부하기가 영 어렵다. 패스. 영어는 초등학생 때부터 의무교육으로 했으니, 20년이 훌쩍 넘은 시간 동안 공부했는데 왜 원어민 수준이 안 되는 걸까? 시간 투자 대비 참 결과물이 안 좋다.

그런 의미로다가 오늘은 영어 공부를 해보기로 한다. 형형색색 볼펜들을 꺼내어 밑줄을 긋고, 몰랐던 표현들도 암기해본다. 얼마나 시간이 흘렀을까? 해가 뉘엿뉘엿 지고 손님이 한 분 들어오신다. 아! 단골 카공족(카페에서 공부하는 사람을 뜻한다) 손님이다!

처음 카페에 왔을 때는 취준생이었던 손님, 지금은 직장인이자 이직을 꿈꾸는 이준생이다. 이럴 때면 '내가 그래도 꽤 오랫동안 카페를 운영해왔구나' 깨닫게 된다. 학생이었다 직장인이 된 손님, 결혼하고 다른 지역으로 가게 됐다며 마지막 인사를 하러 오신 손님, 아이를 낳고 아이와 함께 카페를 온 손님까지. 참 많은 인연을 카페에서 만났구나. 만남 끝에 이별도 있었지만, 앞으로 만나게 될 새로운 단골손님들도 기다려진다.

카공족 손님은 계산대 뒤에 숨겨진 영어책을 보고 웃는다. "오늘은 영어 공부하시네요?" 라고 말을 건네는 손님에게 "다음에 오실 때는 불어를 하고 있을지도 모르겠네요"라고 말해본다. 손님은 하하 웃다가 궁금해졌는지 묻는다. "카페 사장님이시면서 왜 이렇게 열심히 공부하세요?"

음. 왜일까. 나는 무언가를 배우면 항상 애매하게 해냈다. 뛰어나게 잘하는 게 없었다. 공부도 마찬가지였다. 공부를 못하진 않았는데, 그렇다고 뛰어나게 잘하지도 않았다. 확신하건대 지금 하고 있는 이 공부도 결과물은 애매할 것이다.

그런데, 공부를 하고 있으면 뭔가 즐겁다. 나중에 써먹기 위해서 정진한다기보다는, 그저 공부를 하고 있다는 행위 자체가 주는 만족감이 크다. 목표를 위한 수단으로 배우기보다는, 그저 그 목적 자체로서 배움을 즐긴다. 그저 아무 의미 없이 지나갈 수 있는 시간을 오로지 나를 위해 쓴다는 것이 좋다. 오로지 나를 위해 집중한다는 것이 행복하다. '카페 사장'은 나의 삶의 일부일 뿐이다. 내 삶의 전부가 아니다. 카페 이외에 '나'를 위한 삶을 살고 싶다.

처음 카페를 운영할 때는 모든 것을 이뤘다고 생각했다. 손님이 오면 커피를 만들고, 시간이 되면 카페 문을 닫고 집에 가서 쉬는 삶이 전부라 생각했다. 하지만 어느 순간 시계만 바라보고 있는 나를 발견했다. 빨리 문 닫고 집에 가고 싶다고, 빨리 이 시간이 지나가기만을 바라고 있었다. 참 재미없는 하루지 않나? "아, 오늘 하루 힘들었다!" 하고 마무리하는 하루보다는 "아, 오늘도 새로운 걸 배웠다"라고 마무리하고 싶다.

아, 한 가지 꿈이 있다면 4개 국어(한국어, 영어, 중국어, 스페인어)에 능통한 할머니가 되고 싶다는 거?

오늘은 카공족 손님과 함께 즐거운 공부를 시작해본다. 손님, 이직 공부 화이팅! 우리 함께 즐기면서 살자고요.

14.

친절한 것과 착한 것은 동일하지 않다

동네 카페를 운영하는 나는 '웃음'을 달고 산다. 손님이 문을 열고 들어오는 순간부터 주문을 하고, 나가는 순간까지 미소를 잃지 않는다. 친절함은 손님들에 대한 기본적인 자세이자 예의, 그리고 대우이다. 친절은 순수하게 우러나온 10%와 지불한 비용에 대한 대가 90%로 구성된다. 그런데 간혹 가다 어떠한 이익이나 대가, 상하관계를 떠나서 순수하게 마음을 나누고플 때가 있다. 이 이야기의 주인공은 단골손님 A 씨다.

단골손님 A 씨는 나와 띠동갑이다. 나이를 잊을 만큼 밝은 에너지를 보유한 그녀는 순식간에 나를 매료시켰다. 나이를 떠나 모든 사람에게 배울 점이 있다고 말하는 그녀의 한마디에 감명받았고, 카운터 뒤에서 몰래 컵라면을 먹는 나를 발견한 후로 호두파이며, 빵이며 온갖 먹을거리를 가져다주는 그녀의 자상함에 눈물 흘렸다. 지금 와서 고백하건대 나는 먹을 거에 약하다. 난 참으로 '밥'에 예민하다. 이 모든 게 먹고살고자 하는 행위인데, '밥'을 잘 못 챙겨 먹으면 괜히 서럽다. 대충 때우는 끼니에 목이 멘다.

밥 때문이었을까? 아니면 연락처를 주고받기 시작하면서부터일까? 어느 순간부터 그녀와 친구가 된 느낌을 받았다. 아이를 유치원에 보내고 카페에 출석 체크하는 A 씨에게 베이글을 구워주기도 하고, 직접 말린 소중한 꽃차를 선물하기도 했다. 어떠한 대가도 바라지 않고, A 씨와 그저 사랑과 우정을 나누고 싶었다.

카페를 휴점 하는 날이면 같이 만나 돈가스며 순두부찌개도 먹으러 다녔다. 대가를 받고 음료와 친절을 파는 삭막한 관계에서 벗어나, 연상의 친구를 만난다는 게 참 신기하고 기뻤다. 그런데 언제부터일까, A 씨와의 만남이 불쾌하고 꺼려지기 시작한 게 말이다.

"이 제품이 참 좋다니까!"

단골손님 A 씨는 언젠가부터 영업을 시작했다. 처음에 든 감정은 미안함이었다. A 씨가 카페에서 커피를 매일같이 사준 만큼, 그녀에게 보답하고 싶었다. 애석하게도 사정이 여의치 않았다. 회사 다닐 때는 유행에 민감했다. 계절에 맞게 옷을 바꿔 입고, 가끔은 미용실에 가 염색도 하고 네일숍에도 갔다. 목에는 당당하게 사원증을 차고, 한 손에는 커피와 다이어리를 들고 거리를 걷던 그 순간. 그 순간이 참 그리울 때가 많다.

지금의 내겐 생필품을 위한 소비만이 전부다. 내가 줄 수 있는 거라곤 무료로 디저트를 주는 것 정도가 전부다. 그러나 A 씨는 지치지 않고 이 제품, 저 제품을 영업했다. 결국 계속되는 A 씨의 영업에 지친 건 나였다. A 씨와의 관계를 계산적으로 바라보게 되었다. 우리의 관계는 이익을 따지는 대가 관계로 변질되었다. 결국 지금까지 마신 커피 값을 고려해서 그리 필요도 없는 물건을 구입했다. 딱 그 정도 값어치의 물건으로.

세상을 너무 순진하게 생각한 걸까? 커피를 팔듯, 그 사람도 먹고 살기 위해 본연의 일을 하는 것뿐일까? 그저 카페 사장과 손님과의 관계가 전부인데 공사 구분을 못한 걸까?

그저 돈을 받은 만큼의 재화와 서비스만 제공하면 될 것을 그 관계를 왜곡한 걸까?

친절한 것과 착한 것은 동일하지 않다. 내 앞에서 이 제품, 저 제품 설명하는 그녀를 이제 어떠한 따스함이나 정 없이 바라만 본다. 겉으로는 웃고 있지만, 속으로는 냉담하다. 커피를 사 마시는 A 씨에게 딱 그만큼의 친절만 베풀기로 한다. 그동안 쏟아 부은 돈과 시간이 그저 아까울 뿐이다.

무엇보다도 아쉬운 건 내 마음이다. 이익을 따지는 관계는 마음이 버겁다. 나는 그렇게 카페를 운영하며 몸이 체득한 '친절'이라는 가면을 더욱 동여맨다. 난 '착하지 않다' '착하지 않으니 상처받지도 않는다'며 내 마음을 굳건하게 잠가본다.

15.

내가 하면 벤치마킹,
남이 보면 카피

카페를 운영하는 데 생각보다 SNS의 도움을 많이 받는다. 운영 시간부터 시작해서 카페에서 제공하는 다양한 서비스에 대한 안내까지. 손님들은 엄지손가락 하나로 정보를 받고, 서비스를 신청하고 이용하곤 한다. 찾아오기도 힘든 구석진 동네에 있는 카페일 뿐이지만, 온라인을 통해서 다양한 손님들을 만나게 된다.

그런데 얼마 전부터 한 익명의 손님으로부터 지속적으로 문의 메시지가 오기 시작했다. 프로필 사진도 없고, 게시글도 없고, 팔로워도 없어서 그 손님의 정체를 가늠하기가 참 어렵다. 한 번쯤은 카페에 왔던 손님이던가? 단골손님인가? 아니면 이번에 한번 와보려고 하는 손님인 걸까?

그 손님과의 첫 대화는 이렇게 시작됐다. 최근에 나는 카페 전용 텀블러를 제작했다. 나만의 카페를 브랜드화해보고 싶은 욕심도 있었고, 무엇보다도 내가 직접 만든 텀블러를 갖고 싶었다. 그 손님은 메시지를 보내온다.

"안녕하세요, 이번에 애매한 카페에서 텀블러를 제작했던데 뚜껑 쪽 상세 사진을 보여줄 수 있으신가요?"

아, 텀블러를 구매하고 싶으신가 보다. 열심히 입구 쪽 사진을 찍어서 보내본다.

"윗면에 빨대를 바로 꽂을 수 있도록 돼있어요. 제일 좋은 건, 빨대 없이 바로 호록호록 마실 수 있도록 디자인한 부분이랍니다."

구매하실 건가? 정보가 부족한가? 답을 기다려보지만, 손님은 그 뒤로 말이 없었다.

얼마간의 시간이 흘렀다. 카페의 수익을 올리는 방법으로 '동호회 활동'을 선택했다. 영어 스터디며, 독서모임 등 여러 모임을 구상하고 기획했다. 진행 방법부터 모임을 위한 온갖 자료들까지 만들었다. 여러 번 시뮬레이션 끝에 운영방식, 시간, 절차 등도 세부적으로 정했다. 내가 여러 스터디 자료를 준비하고, 모임을 구성하고 진행하는 대신 멤버들은 음료 한 잔 값만 지불하면 된다. 이 모든 계획을 세운 후 SNS에 동호회 멤버를 모집한다고 글을 올렸다. 얼마 후 그 익명의 손님이 메시지를 보내왔다.

"스터디 관심 있어요! 정보 좀 주세요! 어떻게 운영되는 거죠? 자료는 어떤 걸로 주시는 거죠?"

나는 구구절절 설명했다. 이해를 돕고자 여러 예시도 들면서 성심성의껏 답변했다. 그러나 역시나였다. 그 익명의 손님은 익명성 뒤로 숨은 채 답이 없었다.

그 이후로도 카페에서 진행하는 다양한 이벤트며, 서비스 등등을 물어온다. 일방적으로 질문만 던지고 가는 그 손님에게 나름 친절하게 답변해보았지만, 돌아오는 건 아무것도 없다. 이쯤되면 이 사람이 누군지 궁금해 미치겠다. 정말 손님인 건지 아니면 무언가 목적이 있는 사람인 건지. 그 손님을 추적해보려고 해도 아무런 정보가 없다. 이름도, 생김새도, 사는 지역도, 무슨 일을 하는지도 어떠한 티끌만 한 정보도 없다.

그러다가 아주 우연히 우리 카페와 비슷하게 모임을 구성하고, 공지 글을 올리는 한 카페 SNS를 발견했다. 순간적으로 우리 카페를 베낀 건가? 하는 생각이 든다. 하지만 이내 '내가 준비했던 것들이 그저 특색 없이 무난한 것일지 모른다' '그저 우연히 비슷한 콘셉트로 글을 올린 것뿐이겠지'라고 생각해본다. 그러나 우연이 겹치면 의심은 깊어지고, 깊은 의심은 확신이 되어간다. 문제는 이러한 카피에 대해서 '비슷하다'라고 말하기 애매하다는 거다. 물건도 아닌 카페에서 제공하는 '서비스'에 대해서 비슷하다고 비난하기 어렵다. 무엇보다도 괜히 스트레스 받고, 지치고 힘들어지는 건 나쁜이다.

마음을 다잡아본다. '그래, 애매하게 카피할 수 없도록, 나만의 특색을 잔뜩 묻혀보자.'

사실 그렇게 하기 위해서는 더 많은 시간과, 돈을 투자해야만 할 테다. '휴. 어쩌지' 하고 걱정만 늘어간다.

그러다 문득 예전에 읽은 베르나르 베르베르의 『파피용』 속 한 구절이 떠오른다. 책 속에서 지구는 인간이 저지른 자원전쟁, 기후변화 등으로 인해 더 이상 살 수 없는 곳이 된다. 사람들은 나비, 나방을 뜻하는 '파피용'을 지칭하는 거대한 우주함선을 만들어 지구를 탈출하고자 한다. 책에서는 새로운 시도를 하는 사람이 세 가지 적과 맞서게 된다고 말해준다. 첫 번째는 그 시도와 정반대로 해야 한다고 생각하는 사람들, 두 번째는 똑같이 하고 싶어 하는 사람들, 세 번째는 아무것도 하지 않으면서 변화에 적대적으로 반응하는 다수의 사람들이다. 그리고 이 세 번째 부류가 가장

악착같이 방해를 일삼을 거라고 적혀 있다.

회사에 다닐 때 무언가 시도하려고 하면 '왜 시키지도 않은 일을 하느냐' '작년과 동일하게만 하자' '변화를 좋아하지 않는다'는 사람들과 항상 부딪혔다. 아무런 변화 없이, 무난하게 가자는 팀장님과는 매일이 전쟁이었다. 변화하는 시대에, 흘러가는 흐름에 맞춰 사업을 바꿔보고 새롭게 기획해도 번번이 퇴짜 맞기 일쑤였다.

그런데 지금의 내 상황은 다르지 않은가. 내가 진행하는 새로운 시도에 대해서 비난하는 사람도, 적대적으로 반응하는 사람도 없다. 지금 내게는 한 명의 적만 있을 뿐이다. 그 한 사람 때문에 마음고생하면 나만 손해지. 그 익명의 손님(인지 아닌지 모를 사람) 덕분에 새로운 도전을 하게 됐다고 긍정적으로 생각해보기로 한다.

16.

그래, 나는 지금
열등감이 폭발하고 있다

싸이○드에 이어 페○스북, 카카○스토리 그리고 현재는 인별그램으로 내 일기장은 옮겨졌다. 인별그램은 다른 플랫폼과 달리 글보다 이미지, 즉 사진이 중심을 이뤘다. 그러다 보니 어쩌다 한 번 하는 외식, 어쩌다 한 번 가는 카페, 어쩌다 한 번 가는 여행지에서 사진만 주구장창 찍어댔다. 수백 장 찍어 잘 나온 사진 한 장, 심지어 그마저도 얼굴이 거의 가려져 있는 뒤태 사진이나 풍경이 주가 되는 사진이 선별되어 포스팅됐다. 그러고 나서 나는 내 일기장을 흡족하게 바라보곤 했다. 한 폭의 그림 같은 풍경 속에 내가 있다는 사실이 너무 동화 같아서, 믿기지 않을 정도로 아름다워서 더더욱 만족감을 느꼈다.

내게 SNS는 나만의 집을 꾸미는 기분을 주었다. 사람들이 누르는 '좋아요'는 내가 꾸민 집이 아름답고, 예쁘고, 동화 같다는 사실을 인정해주는 것만 같았다. 그런데 지금 나는 엄청난 감정의 폭풍우 한가운데 위태롭게 서 있다. 내 집을 예쁘게 꾸미자, 다른 사람들의 집이 궁금해졌다.

초 단위로 인별그램에 업데이트되는 사진들을 바라본다. 보일 듯 말 듯 명품 가방을 들고 있는 사람들, 또렷한 이목구비에 살짝 짓는 미소가 너무도 매력적인 사람들, 감히 생각조차 못한 고급 휴양지에서 코로나를 피해 여유를 즐기는 사람들, 육감적인 몸매가 감탄을 자아내는 사람들, 본인만의 감각적인 센스로 멋지게 차려입은 사람들. 오감을 자극하는 사진들로부터 도저히 눈을 뗄 수가 없다. 다른 사람들이 만들어놓은 집을 그저 멍하니 바라볼 수밖에 없었다.

뭐랄까. 지금의 내 감정을 뭐라고 설명하면 좋을까. 내가 만들어놓은 집은 보기 좋게 꾸며놓은 모래성에 불과하다는 사실이 뼈아프다고 해야 할까. 인별그램 속 사진들은 최근의 삶 중 가장 '베스트'만 모아두었는데, 비교해보니 초라하다고 해야 할까. 재력도 돈도, 명예도 그 무엇 하나 가진 것 없어 보이는 내가 볼품없다고 해야 할까. '애매하게 잘하던 공부 대신 운동을 하고, 외모를 가꾸었으면 지금의 내 모습은 조금 달라졌을까'라고 생각한 게 조금 불쌍하달까. 아니라고, 외면보다 내면이 중요하다고 외쳐대는 나 자신이 조금 안쓰럽다고 해야 할까.

그래, 인정하자. 나는 지금 열등감이 폭발하고 있다. 타인과의 비교, 열등감은 쓸모없는 것이라며 꾸짖던 수많은 책들과 매체는 도움이 되지 못했다. 나는 열등감에 강력하게 사로잡혀 있고, 이를 벗어나라는 수많은 조언들은 전부 다 보잘것없는 상황을 둘러대는 변명처럼 들렸다.

이런 내 상황에 'SNS를 끊으세요'라고 손쉽게 대답하는 친구들에게 '그래도 SNS는 하고 싶은데'라고 말하면 열등감을 계속 느끼면서도 SNS를 끊을 수 없는 SNS 중독자가 되어버리는 걸까? 그런데 문득 묘한 생각에 사로잡힌다. 열등감이 나쁜 건가? 타인과의 비교가 그렇게 해서는 안 될 짓인가?

알랭 드 보통은 이렇게 말했다. '개인의 외모는 삶의 가장 비민주적인 부분에 속한다. 외모는 마치 복권과 같고, 여러분은 아마

당첨되지 않았을 것이다. 이 일에 당신은 어떻게 손 쓸 방법이 없으며, 사람들이 그렇게 생긴 건 그들 탓이나 공이 아니다. 그냥 그렇게 생긴 것뿐이다.' 팩트 폭격기 같은 그의 말에 오히려 기분이 좋아진다. 뒤통수를 아주 시원하게 팍 내려치는 그의 말에 오히려 하하호호 신이 난다.

열등감은 부정적인 것이며, 가지지 말아야 할 감정이 아니다. 타인과의 비교는 부정적인 것이며, 절대 하지 말아야 할 행위가 아니다. '그래서는 안 된다'라는 부정적인 감정이 오히려 나를 자괴감을 느끼도록 몰아넣었다. 그저 현실을 훌훌 털어 인정하는 것, 그것이야말로 부정적인 감정의 늪에서 쉽게 빠져나갈 수 있는 출구였을 뿐이다.

제 3장

직장인 vs 카페 사장, 비교 불가합니다

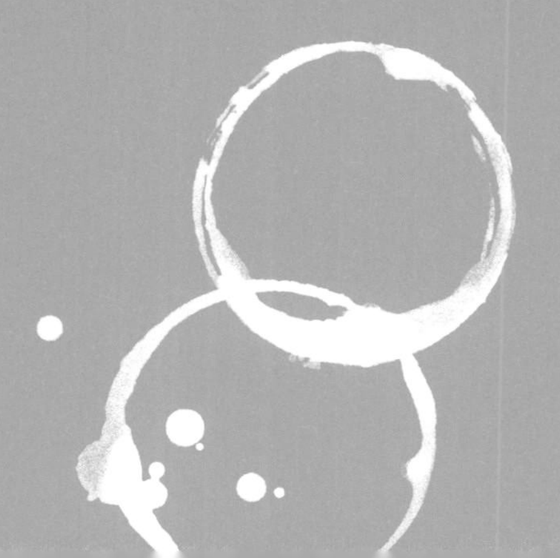

1.

회사를 때려치워도
야식은 계속된다

고등학교를 졸업하고 대학교에 입학했을 때 '세상에 이렇게 많은 술안주가 있구나' 하고 놀랐다. 다 같이 둘러앉아 정신줄 놓고 마시는 술은 쓰지만 맛있었다. 점심이나 저녁으로 학식, 삼각김밥, 도시락, 밥버거를 주로 먹었다. 대학생 신입생 환영회라던가, 누구 선배 졸업식이라던가 큰 행사가 있는 날에는 삼겹살을 먹었다. 그리고 연애를 시작하고서는 파스타, 고르곤졸라 피자 같은 음식을 주로 먹게 됐다. 4년간의 대학생활을 통해서 '세상에 이렇게 맛있는 음식이 많구나' 하고 배웠다. 그렇게 대학교를 졸업하고 회사에 취직했다.

회사에 취직하고서는 '세상에 내가 못 먹어본 음식이 참 많구나' 하고 놀라게 됐다. 게다가 음식들은 하나같이 다 비쌌다. 잦은 외부 회의로 인해 회의 참석자들과 점심 또는 저녁을 밖에서 먹곤 했다. 언젠가 한 번은 중국집을 갔다. '짜장면, 짬뽕, 볶음밥을 하나씩 시키고, 다 같이 먹을 수 있는 탕수육을 하나 주문하면 되겠지'라고 생각했다. 지금 생각하면 딱 대학생 같은 생각이었다. 그날 나는 처음으로 1인 3만 5,000원짜리 코스요리를 먹어봤다. 코스요리는 개인별로 앞접시를 주고, 메인요리를 테이블 가운데에 두어 덜어먹게 해줬다. 처음 코스요리를 먹어보니 참 설거지거리가 많겠다는 생각이 들었다. 게다가 양이 적어서 눈치 보며 먹다 보니 간에 기별도 안 갔다.

중국집 코스요리를 시작으로 다양하고 비싼 음식을 먹어볼 수 있었다. 호텔에서의 만찬, 고급 레스토랑에서의 회식 등등. 그러다 보니 착각에 빠졌다. 나는 이런 비싼 음식들을 자주 먹을 수 있는 사람이라는 착각에. 그러나 회사를 그만두니 보인다. 앞으로 아주 특별한 날이 아니면 중국집 코스요리, 호텔에서의 만찬, 고급 레스토랑에서의 회식은 없을 거다. 회사의 이름, 회사가 준 직급, 회사가 만들어준 관계에서 벗어나 나의 현실을 직시한다.

회사를 다니며 어느 순간 음식에 집착하고 있음을 발견한 적이 있다. 하루에 두 끼, 점심과 저녁밖에 못 먹으니까 늘 맛있는 음식을 먹어야 한다고 생각했다. 회사 구내식당의 밥은 4,000원으로 저렴하지만 먹기 싫었다. 항상 회사 앞 식당에서 배부르게 먹어야 포만감이 찾아왔다. 밥을 시켜도 여유롭게 시켰다. 먹고 부족하느니, 배 터지게 먹어야겠다고 생각했다.

이때쯤 업무 스트레스로 야식에도 손을 대고 있었다. 매일 밤 늦게까지 일하고 집에 가면 야식을 시켜먹었다. 족발, 피자, 치킨 등 다양했다. 야식을 먹지 않으면 잠이 안 왔다. 배부르지 않으면 잠을 못 잤다. 퇴사를 하고도 야식은 내 일상이 됐다. 오히려 이전보다 더 심해졌다. 회사를 다니면서 일주일에 한두 번 정도 야식을 먹었다면, 지금은 서너 번 정도로 빈도가 늘었다. 게다가 지금은 조금 저렴한 라면, 햄버거를 위주로 먹는다. '오늘 식사를 제대로 못했으니까 먹어도 돼' '오늘은 고생했으니까 먹어도 돼'라고 스스로를 끊임없이 합리화하며 먹고 또 먹는다.

그러다 문득 의문이 들었다. 퇴사를 결정했던 이유 중 하나가 야식이었다. 온갖 스트레스를 먹는 데 다 써버리니, 돈 버리고 건

강까지 버린다고 생각했다. 그런데 퇴사를 하고서도 야식을 계속 먹고 있다. 왜 자꾸만 속이 허한 걸까. 왜 먹어도, 먹어도 배고픈 걸까. 정작 내게 부족한 건 음식이 아니었다. 나라는 사람의 존재감, 나를 사랑해주는 사람들의 존재, 내가 하고 있는 일이 안정적이라는 희망, 내가 계속 발전하고 있다는 자신감. 야식은 이 모든 불안감에서 온 허전함이었다.

나라는 사람은 욕심이 많은 사람이다. 내가 바라는 대로 퇴사를 하고, 내가 원하는 대로 카페를 차렸는데도 쉽게 만족감이 오지 않는다. 사람은 음식이나 소소한 일에 쉽게 행복해지다가도, 이내 스스로를 행복하지 못하게 만든다. 원하는 대로 바라는 대로 해도 끊임없이 욕심을 낼 수밖에 없는 운명인가 보다. 무언가를 이루고 싶다는 목표, 무언가가 되고 싶다는 꿈에 스스로를 다그칠 수밖에 없는 운명인가 보다.

2.

정기적인 것과 비정기적인 것

욕심을 버리려고 하는데 생각보다 잘 안 된다. 이건 마치 이런 느낌이다. 이번에 진급하는 선배에게 승진이고, 평가고 모두 양보하자고 마음먹었는데 내심 기대하고 있는 그런 느낌….

그저 월세값만 벌자 싶었는데, 들인 노력과 시간만큼의 인건비도 벌고 싶어진다. 처음에 카페를 열면서 월세값만 내면 되는 줄 알았다. 정말이지 멍청했다. 여름, 겨울 내내 틀어놓는 냉난방기는 전기 먹는 하마다. 전기세가 상상 이상으로 많이 나온다. 상대적으로 저렴한 관리비와 수도세도 손님이 없으면 큰 부담으로 돌아온다. 얼마 팔지도 않았는데 원두며 시럽이며 파우더며 재료는 어찌나 빨리 떨어지는지. 설거지하면서 깨 먹는 컵은 애교다. 핼러윈데이, 크리스마스 등 온갖 기념일에는 거기에 맞는 인테리어 소품이 필요할 텐데 그것도 걱정이다.

단골손님이 없는 날은 카페가 텅텅 빈다. 경기 어렵다는 말은 진짜였다. 직장 다닐 때는 꼬박꼬박 월급이 나오니 경기가 어렵다는 말은 전혀 실감 나지 않았는데 말이다. 설이나 추석 명절에는 더욱 뼈저리게 느껴진다. 상여금의 빈자리는 너무도 컸다. 어버이날, 추석, 생신, 왜 이렇게 돈 나갈 데가 많은지 모르겠다. 게다가 월세, 관리비, 재료비도 줄줄이 통장에서 잘 빠져나간다. 여윳돈으로 놔둔 돈도 바닥을 보이고 있다. 더 이상 정기적으로 넣는 적금도 없다. 가진 건 카페뿐인데 들여다보면 빈털터리다.

갑자기 '정기적'이라는 말이 부럽다. 정기적인 출퇴근, 월급, 상여금, 정기적으로 넣는 적금, 정기적으로 만나는 직장동료와 업무상 알게 된 좋은 분들….

그러나 곰곰이 생각해보니 카페에도 '정기적'인 손님이 생겼다. 단골손님이 들어오면 "오늘도 아이스 카페라테죠?"라고 말할 수 있게 됐다.

자꾸 회사가 그리워지는데, 다 미련 같다. 이제 미련을 떨쳐버릴 때가 됐다. 새로운 출발을 했으니 새로운 사람들과, 새로운 장소에서, 새로운 추억을 만들어 나가련다. '비정기적'인 손님, '비정기적'인 메뉴, '비정기적'인 수입일지라도 괜찮다. 이젠 여기에서 익숙함을 찾아나갈 테니까 말이다.

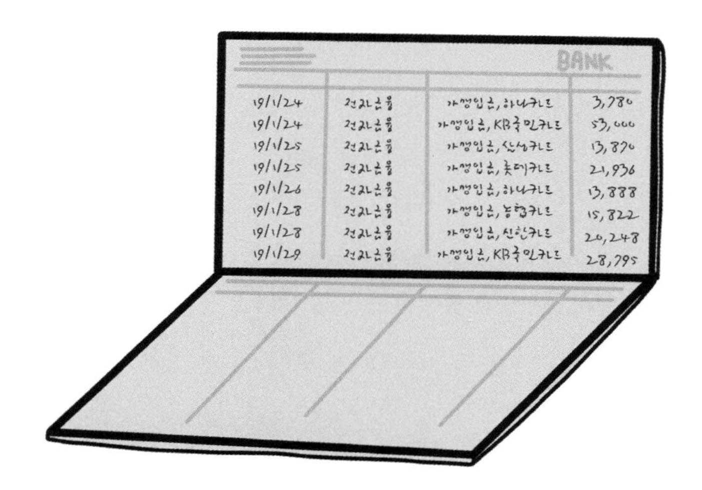

3.

퇴사 후 처음으로 국민연금을 납부했다

나는 2018년 10월에 회사를 자발적으로 걸어나간 중도 퇴사자다. 퇴사 이후 지방세니 국세니, 사대보험이니 하는 모든 건 잊고 지냈다. 지금까지 월급 받을 때는 회사에서 꼬박꼬박 성실하게 잘 떼주었으니, 세금에 대해 아무 생각이 없었다. 그러다가 때마침 병원에 가야 할 일이 생겼는데, 문득 내 건강보험은 어떻게 되었는지 궁금해졌다. 건강보험공단에 접속해 몇 가지 개인정보를 입력했다. 다행히도 피부양자 가입자로 아빠, 엄마와 이름을 나란히 하고 있다. 그동안 아빠가 멋모르고 돈 더 떼이고 있었겠구나 새삼 죄송스러워졌다. 그래도 염치 불고하고, 얼굴에 철판을 깔고서 그대로 두었다. 나중에, 시간이 조금만 지나면 분리할게요. 아빠. 나는 그렇게 사대보험 중 건강보험을 해결했다.

역시 퇴사 이후 상실된 고용보험과 산재보험은 작은 카페를 차린 1인 사업자의 경우 선택사항이란다. 곰곰이 고민해본다. 이 10평 남짓한 카페에서 임대계약기간 동안 혼자 일하게 될 확률이 높았다. 게다가 혼자 일하다가 뜻밖의 사고가 발생한다면, 산재보험보다 개인적으로 가지고 있는 실비보험 따위를 활용하겠지. 그렇게 고용보험과 산재보험에는 재가입하지 않았다.

나머지는 국민연금이다. 국민연금은 대한민국에 거주하고 있는 국민이라면 18세 이상 60세 미만까지 의무가입이다. 그동안 직장가입자였지만, 지금은 지역가입자로 전환되었다. 카페를 시작한 지 얼마 되지 않아 신고한 소득도 없었다. 그동안 무소득으로 인한 국민연금 납부 예외 신청도 가능했다. 생각해보니, 국민연금은 납부기간이 20년을 경과해야 받을 수 있다. 게다가 어차피 언젠가는 내야 하기 때문에 지금부터 납부하기로 결정했다.

국민연금공단에 전화해보니 최소 금액 9만 원부터 납부 가능하다고 한다. 그 자리에서 최소금액으로 납부 가입을 했다. 이제 매달 내야 할 돈은 월세, 전기세, 관리비, 수도세, 재료비 외에도 국민연금이 하나 더 생겼다. 9만 원짜리로다가. 직장가입자의 경우 국민연금의 절반을 회사에서 내준다. 이 사실도 지역가입자로 전환되며 처음으로 알았다. 회사가 조금 그리워지는 하루다.

얼추 사대보험은 잘 처리되었다. 그러다가 문득 국세와 지방세는 잘 내고 있는지 궁금해졌다. 퇴사한 이후 제대로 납부한 적이 한 번도 없는 것 같다. 국세와 지방세를 납부하려면 어디로 가야 하지? 세무서? 시청? 엄마에게 전화해서 물어봤다. 엄마는 '이런 멍청한 질문을 하다니'라는 어투로 시청이나 주민센터로 가라고 한다. 참 무심하고도 무관심하게 살았구나.

집 근처 주민센터에서 미납된 국세와 지방세가 있는지 조회해봤다. 미납된 국세와 지방세, 연체료, 그리고 카페를 차리면 매년 내야 하는 등록면허세가 있었다. 아이고야. 그 자리에서 미납된 세금을 모두 납부하고, 자동이체를 신청했다. 접수를 도와주신 공무원 분께서 납부 및 자동이체 처리는 완료되었다는 말을 한 뒤, 한마디 덧붙인다. "자동이체 날에 잔고가 없을 경우 세금 체납되니 주의해주세요." 세금 체납이라는 저 한마디가 이토록 무섭다니. 앞으로 카페에서 열심히 돈 벌어서, 잔고를 열심히 채워야겠다는 각오를 다진다.

생각해보면 연말정산도 회사에서 참 편하게 했다. 서류만 몇 장 떼와 제출하면 회사에서 알아서 다 해주었다. 퇴사 전까진 국세, 지방세, 사대보험도 잘 몰랐다. 월급에서 필요한 만큼 다 떼서 주니까, 주는 대로 받았다. 참 수동적인 삶이지 않았나 싶다. 그런 의미에서 오늘은 세상에 혼자 선 느낌이다. 회사로부터 벗어나 스스로 알아가고, 자립해나가는 느낌이 든다.

4.

우리 회사 얘기 말구
다른 얘기 하자

요새 '오타쿠'라는 단어가 약간 다르게 쓰이는 것 같다. 광적으로 좋아하지 않더라도, 애니메이션이나 웹툰을 좋아하는 사람이면 모두 '오타쿠'로 불리는 듯하다. 그래서인지 어느 순간부터 애니메이션과 웹툰을 즐겨본다는 사실이 부끄러워졌다. 예전에도 그랬었던가?

어느 날은 카페에 고등학생 손님 두 명이 찾아왔다. 둘은 최근에 재밌게 봤던 소설과 애니메이션에 대해 신나게 이야기한다.

'나도 고등학생 때는 하이틴 소설과 만화책을 즐겨보곤 했는데….'

고등학생 시절, 반에 한 친구가 순정만화 시리즈를 들고 온다. 1권을 다 읽은 친구는 그 책을 나한테 전달한다. 난 1권을 본다. 수업 시간에도 책상 아래서 키득거리며 보고 있다. 어느새 다 읽고 나면 2권을 가지고 있는 친구를 찾아가 독촉한다. 빨리 읽고 내놓으라고….

야간 자율학습 시간에는 읽었던 만화책을 가지고 열심히 토론한다. 보통 순정만화에는 온갖 시련을 겪지만 당차고 밝은 성격의 여주인공이 나온다. 그리고 그런 여주인공을 좋아하는 남자애는 세 명 정도 된다. 친구와 함께 누가 더 여주인공에게 잘 어울리는지 이야기하며 싸우곤 했다. 여주인공이 돼서 남자 친구를 고르는 행복한 망상에도 빠진다.

대학교에 입학하고서는 술, 미팅, 취업이 주 이야깃거리였다.

회사에 취직하고서는 월급, 이직, 몹쓸 상사에 대한 욕으로 하루를 꼬박 새울 수 있다. 어느새 나는 삶이 얼마나 힘들고 고단한가를 이야기한다. 친구들을 만나면 술은 빠질 수 없다. 술기운을 빌려 맘에 있는 응어리들을 풀어보고자 부단히 노력한다. 그게 일상이었다.

카페를 잘 마무리 지은 그날 저녁, 마침 야근을 마친 회사 동기들이 술 한잔하자고 연락이 왔다. 술이 고팠던지라 바로 모임 장소로 뛰어갔다. 맥주 한 잔씩 시키고, 치킨도 주문했다. 역시 치맥!

연초를 맞아 인사, 팀 이동이 화두였다. 누가 승진을 했네, 팀이 통합되어서 인원이 감축되었네 등. 퇴사는 했지만 이야기를 듣는 건 흥미로웠다. 아직 회사에 남아있는 내가 아는 사람들. 그 사람들의 이야기가 재밌었다. 어느새 비합리적이고, 짜증나고, 온갖 꼰대 짓은 다하는 '팀장' 이야기가 흘러나왔다. 문득 '팀장이라는 자리는 팀원들에게 욕을 먹는 외로운 자리일 수밖에 없구나' 하는 생각이 들었다. 팀장 욕을 한창 하다가 제 분에 못 이긴 회사 동기는 소리를 지르더니 한 마디 한다. "아악 팀장 XX, 우리 이제 회사 이야기 그만하자."

테이블은 정적에 휩싸였다.

우리는 점심, 저녁을 회사 밥 먹으며 3년을 꼬박 본 친구다. 공채가 맺어준 친구다. 분명 친하지만 서로에 대해서 잘 모른다. 회사 이야기 외에 무슨 이야기를 하면 좋을까? 할 말이 없자 다들 맥주만 들이킨다. 그러다가 '총무과의 어떤 직원이 사내연애를 한다더라' '그 직원이 누굴까?'를 시작으로 또 회사 이야기를 하고 있다. 이야깃거리가 떨어지자 또 조용해진다. 특히 나는 퇴사한 터라 이야깃거리가 급격하게 떨어진다. 그럴 땐 또 맥주를 마신다.

회사가 맺어준 눈앞의 회사 동기들. '회사'라는 타이틀을 떼도 이 관계가 지속될 수 있을까? 난 눈앞의 좋은 사람들과 인연을 계속 이어가고 싶었다.

정적 속에 낮에 온 고등학생 손님이 떠오른다. 조심스럽게 네이버 웹툰 이야기를 꺼냈다. 월요일에는 '신의 탑', 화요일에는 '놓지 마 정신줄' 등. 술김에 이야기하긴 했지만 상당히 용기가 필요했다. '오타쿠'라는 소리를 듣진 않을까 걱정이 돼서 심장이 두근거린다.

동기 중 한두 명은 아예 웹툰을 안 보는지 '저게 다 뭔 소리야' 하는 표정이다. 두어 명은 '나도 그거 알아! 나도 그거 봐!'라고 말한다. 또 다른 두어 명은 '그거 재밌어? 나도 볼까?'라고 말한다.

어느새 우리는 학창 시절 즐겨봤던 '천사소녀 네티' '카드 캡터 체리' '명탐정 코난' '원피스' 이야기 삼매경에 빠졌다. 시간 가는 줄 모르고 그렇게 몇 시간이고 앉아서 이야기했다. 새로운 이야기 소재를 만들며, 새로운 추억을 쌓으며 말이다.

5.

저 '나이' 트라우마 있어요

카페 사장으로 일하면서 은근히 자주 들었던 질문 중 하나는 "몇 살이세요?"라는 질문이다. 그럴 때마다 조금 난감하다. '나이'라는 단어가 주는 중압감, 연륜, 전문성 같은 게 있다. '몇 살'이 '연세'로 바뀌는 건 정말 싫지만, 아이러니하게도 이럴 때는 큰 숫자의 나이를 찾게 된다. 질문을 받곤 우물쭈물하다가 큰 숫자를 부르곤 한다.

"92년생이요."

손님은 계산을 살짝 해보더니 깜짝 놀란다. 그 반응에 나도 모르게 움츠러들고 위축된다. 잠시 행복하고 소소한 일상에 젖어 잊고 있었다. 그래, 나는 '나이 트라우마'가 있다.

직장인 시절, 각 분야 전문가들이 모인 회의에 참석한 적이 있다. 회의 시작 전 시간이 조금 남았다. 참석자들과 날씨, 오늘의 뉴스 이야기를 하며 시간을 보냈다. 분위기가 풀어져서인지 한 분이 나이를 물어본다. '나이'가 주는 힘을 모르는 건 아니지만 거짓말 못하는 성격이라 솔직히 대답했다.

"저 스물여섯 살입니다."

24살에 입사해서 2년이라는 시간이 지난 후니까 짬 좀 찼다고 생각했나 보다. 하고 있는 업무량도 많아져 다들 '과장급' 업무를 한다고 치켜세워주니 괜한 용기가 생겼는지도 모른다. 나름 당당하게 내 나이를 말했다. 하지만 눈앞에서 변하는 참석자들의 표정과 말투를 보자 아찔했다. '아 실수했다.'

나는 회의장에서 발가벗겨진 느낌이 들었다. 그 순간 그저 회의 준비만 하러 온 신입 나부랭이가 된 것만 같았다. 전문가들 앞에서 나라는 존재가 보잘것없이 느껴졌다. 회의장에서 의견을 내봐도 무시하거나 혹은 어린 신입의 열정 정도로 받아들여졌다. 무슨 말을 해도 없어 보였다. 끝내 입을 다물었다. 그리곤 여러 전문가들이 하는 말에 고개를 끄덕이며, 회의 결과 보고를 위한 속기를 시작했다.

이 사건 이후로 명함 뒤 타이틀을 하나 더 넣기 위해서 대학원을 등록했다. 코피 터져가며 논문을 쓰고 석사 학위를 받았다. 학위를 받은 이후로는 괜한 고집이 많이 늘었다. 쓸데없이 자존심도 세졌다. 경력은 짧지만 산전수전 다 겪었다고 허세를 부렸다. 그렇지만 그동안 내게 쌓인 경력은 고작 3년이었다. 힘들게 딴 석사 학위도 지방대라고 인정받지 못했다. 허망했다.

늘 나 자신을 더 다그쳤다. '팀의 일이 곧 내 일'이라는 좌우명을 갖고 미친 듯이 일했다. 팀원들이 내게 의지할 수 있도록 모든 것을 파악하고 컨트롤하려고 했다. 일이 없으면 일을 만들어서라도 했다. 주말에는 박사 학위를 따러 대학원을 가고, 책을 읽고, 영어 공부를 했다. 정말 미친 말처럼 달렸다. 그렇게 회사에서 3년하고도 몇 개월을 더 보냈다.

그리고 2018년, 나는 사직서를 냈다. 사직서를 제출함과 동시에 모든 것을 그만뒀다. 더 이상 빈껍데기 같은 나 자신을 벗어나고 싶었다. 평가도 진급도 필요 없어져 대학원에는 휴학계를 냈다. 영어 공부도 접었다. 기획, 트렌드, 언어 기술과 관련된 책만 가득한 책장은 다 비워버렸다. 하지만 '나이'가 줬던 그때의 트라우마는 아직 떨쳐내지 못했다.

나도 모르게 찌푸린 표정으로 서 있는데 손님이 환하게 웃으신다. "젊은 사장님이네요. 저는 이 나이 먹고도 아직 결정을 못하고 있는데 멋지셔요."

시간이 흘러 다른 손님이 또 나이를 물어보신다. 이번에도 똑같이 응대했다. "92년생이요." 그 손님은 이어서 학번을 물어보더니 거꾸로 나이 계산을 시작하신다. 그리고 웃으신다. "젊은 분이셔서 그런지 감각이 좋네요. 저도 카페 차리는 게 로망이었는데 부러워요."

다른 손님이 또 나이를 물어보신다. 이번에는 계산하기 쉽도록 대답했다. "계란 한 판 채우기 2년 전이에요." 손님은 깔깔 웃으시더니 한마디 하신다. "나는 곧 계란 두 판 채우거써. 젊은 사장도 계란 한 판 다 채울 때까지 카페 잘 버텨야지잉! 힘내 봐!" 그 말에 나도 모르게 깔깔 웃고 말았다.

그저 지나가다 던지는 평범한 한마디인 줄 알았다. 그런 줄로만 알고 있었는데 아니었다. 손님들의 한마디는 '나이' 트라우마를 낫게 해줄 알약이었다. '나이'를 감추고만 싶어서 영어 점수, 학위, 업무량으로 덮었던 암울한 시절을 잊게 해줄 알약이었다. 카페에 오시는 손님들은 주인장이 어떤 회사에 다녔었는지, 어떤 전문기술이 있는지, 최종학교가 어디인지 궁금해하지 않는다. 단지 한 잔의 따뜻한 커피를 원할 뿐. 앞으로 또 다른 손님이 나이를 물어보면 이제는 대답할 수 있을 것 같다. 나, '꽃다운 서른 살'이라고.

6.
이제 저,
쿨하지 않습니다.
쪼잔해졌어요

나는 쿨한 사람이었다. 친구들이랑 밥을 먹을 때도 1/n 하는 게 못마땅해서 먼저 계산하곤 했다. 회사에서 후배들과 커피를 마시러 갈 때도, '선배로서 한 번 사주지'라고 생각하곤 여러 번이고 샀다. 베푼 만큼 돌려받을 때도 있었고, 베푼 만큼 못 돌려받을 때도 많았지만 아쉽지 않았다. 회사에서 정신없이 일하다 내가 쓰던 볼펜이 과장님 손에 가 있는 걸 보았을 때도 '새로 사면 되지'라고 생각했다. 사무용품이 떨어지면 캐비닛을 열어 풍족하게 쌓여있는 포스트잇, 볼펜, 지우개, 연필을 가져오곤 했다. 다달이 통장에 꽂히는 월급이 있으니 하고 싶은 거 다 하고, 사고 싶은 거 다 사고 살았다. 월급이 적은 건 항상 불만이었지만 혼자 살기에 부족하진 않았다. 그래서 나는 나 자신이 참 쿨한 사람이라고 생각했다.

퇴사를 하고서도 소비습관은 바로 고쳐지지 않았다. 어김없이 열두시 삼십분쯤 되면 커피가 당겼고, 오후 여섯시쯤 되면 자극적인 조미료가 가미된 음식을 찾아 먹었다. 어느 날 퇴사 후 회사 동기들이랑 치맥을 할 때 묘한 기류를 감지했다. 이제 나는 퇴직자라 돈이 부족할 텐데 회식값을 나눠야 할지 말아야 할지 고민하는 동기들의 모습이 보였다. 나는 그게 더 싫어서 먼저 계산하곤 했다. 첫 한 달은 그랬다. 그 달의 마지막 주가 되자 카드값이 한 번에 인출되었고 그때서야 현실을 직시했다. 누군가 만나자고 연락이 오면 바쁘다고 피하게 되었다. 커피숍의 커피보다 맥심 커피를 찾게 되었다. 배달 어플을 지우고 집에서 라면으로 끼니를 때웠다. 집에서 폐인처럼 지내며 뭐할지를 고민했다.

시간이 흐르고 보니 난 카페 사장이 되어있었다. 카페를 오픈하자 하나하나가 다 돈으로 보였다. 예를 들면 이런 식이다. 손님이 뜨거운 물이 담긴 종이컵을 요구한다. 그러면 나는 "잠시만요"라고 말씀드리고 냉큼 뜨거운 물이 담긴 종이컵을 드린다. 그리고 속으로 계산한다. '종이컵 31원. 컵홀더 64원. 냅킨 10장에 40원.' 물론 표정에는 절대 아깝지 않음을 꼭 드러내야 하고, 필요하면 더 드리겠다는 말을 덧붙여야 한다. 손님이 가고 테이블에 남겨진 64원짜리 컵홀더를 보면 아깝다. 재사용하고 싶어서 몇 번이나 손을 들었다 놨다 했는지 모른다. 아이스커피가 테이블 위에 물웅덩이를 만들어놓자 손님들이 뭉텅이로 가져다가 쓰는 냅킨을 보면, 속으로 울부짖는다. '차라리 내가 행주로 닦으면 되는데! 흑' 마감시간이 다가오면 냉난방기를 일분이라도 더 빨리 끄고 싶어서 리모컨을 만지작거린다.

직장인으로서 얼마나 쾌적한 환경에서 근무했는지 새삼 깨닫게 된다. 적정 온도를 유지하는 사무실, 미니 문방구라고 불렸던 캐비닛, 하루 동안 채워놓으면 다음날 비워지는 쓰레기통, 화장실 가면 항상 구비돼 있던 휴지, 정수기와 종이컵, 물티슈. 모든 게 있던 그 쾌적한 환경. 하지만 그만큼 낭비도 많을 수밖에 없었던 그 풍족했던 곳. 자영업자가 된 나는 이렇게 말하고 싶다. 아껴 쓰자. 다시 쓰자. 그리고 안 쓸 수 있으면 쓰지 말자.

컵홀더

7.

300원이 아깝거든요

회사 다닐 때 백 원은 의미 없는 돈이었다. 백 원은 사무실 서랍 안, 코트 호주머니 속을 굴러다니는 존재였다. 그때는 다달이 통장에 꽂히는 월급이 있었다. 또 가끔 출장비, 야근비, 명절휴가비 따위의 소소하지만 정기적으로 들어오는 돈 덕분에 살만했다. 회사에서 멋쟁이로 보이기 위해 계절별로 옷도 사 입었다. 밥 먹고 나서 오천 원 주고 사 마시는 식후 커피는 꿀맛이었다. 회사를 그만두고서는 완전히 달라졌다. 카페를 하다 보면 백 원이 정말 소중해진다. 백 원도 정말 아까워진다. 그 백 원 하나로 기분이 좋았다가 안 좋았다가 한다. 오늘이 그런 날이다.

한 손님이 양 손에 짐을 한가득 들고 카페에 들어온다. "여기서 노트북 작업 좀 할 수 있나요?" 당연히 되죠. 어서어서 들어오세요, 손님! 손님은 콘센트가 있는 4인석 좌석에 앉자마자 노트북을 연결한다. 그리고 따뜻한 아메리카노를 진하게 한 잔 달라고 하신다. 보통 카운터에서 선결제를 하고 주문을 받는데, 어지간히 급하셨나 보다. 나중에 나가실 때 결제하시겠지 싶어서 아메리카노를 내렸다.

고소한 커피 향이 솔솔 나는 아메리카노를 자리에 가져다 드렸다. 그러다 '앗' 소리가 들려서 테이블로 가보니, 손님이 음료를 쏟았다. 테이블 위에는 다른 카페의 음료 컵이 있었다. 거기다가 따뜻한 아메리카노 절반을 옮겨 담다가 쏟은 거다. '왜 옮겨 담지?' 잠깐 의문이 생겼다. 우선은 행주를 가져와 손님이 쏟은 음료를 닦아드렸다. 잠시 뒤 손님이 나를 찾는다. "얼음 좀 주세요." 그리고 또 잠시 뒤 "시원한 물 좀 주세요." 아, 왜 옮겨 담는지 알겠다. 그리고 왜 따뜻한 아메리카노를 진하게 시켰는지도.

우리 카페의 따뜻한 아메리카노는 3,500원이고, 시원한 아메리카노는 3,800원이다. 왜 따뜻한 음료와 시원한 음료에 가격 차이가 있느냐고 물으면 단연 '재료'의 차이다. 따뜻한 음료에 비해 시원한 음료는 얼음이 들어간다. 전기 먹는 하마, 제빙기를 돌려서 얼음을 만들다 보니 가격이 다를 수밖에 없다. 게다가 시원한 음료는 얼음이 녹으면서 밍밍한 맛이 날 수 있으니, 보통 반샷이나 한 샷 정도 에스프레소를 추가로 넣어드린다. 오늘 오신 손님은 핫 아메리카노를 시켜서 아이스 아메리카노를 마신 거다. 그것도 두 잔 분량으로. 그 손님은 300원을 아꼈지만, 나는 300원을 못 벌었다. 그 300원이 뭐라고 우울하고 속상하다. 그 300원이 아쉬워서 마음 아프다.

오후 10시, 카페를 마무리하고 집으로 터덜터덜 걸어갔다. 그러다가 호떡과 어묵을 파는 포장마차를 발견했다. 날이 꽤 따뜻해졌는데도 아직 영업을 하고 있는 포장마차를 빤히 바라본다. 주머니를 뒤적거려보는데 동전이 없다. 가방에 굴러다니는 동전이 있나 찾아보지만 없다. 한 푼도. 아쉬운 마음을 접고 집으로 마저 발걸음을 옮기려다가 포장마차로 들어갔다.

"여기 계좌이체도 되나요?" 사장님은 손가락으로 포장마차에 붙여진 안내판을 가리킨다. '농협 000-0000-0000-00' 새우, 무, 버섯 등등을 넣고 진하게 우린 어묵 국물을 한 입 마신다. 식도를 거쳐 뱃속까지 사르륵 따뜻해진다. 시원한 국물 속 어묵을 하나 건져 간장을 찍어 먹는다. 나도 모르는 새 일곱 개나 흡입했다. 어머. 사장님께 3,500원을 이체해드린다. 오늘 하루를 탈탈 털었다. 후! 속은 후련하고, 마음은 따뜻하다. 행복한 하루의 마무리다.

냅킨 1장 4원

플라스틱컵 1개 38원

빨대 1개 10원

플라스틱컵 뚜껑 1개 19원

종이컵 1개 31원

홀더 1개 64원

종이컵 뚜껑 1개 22원

8.

나의
편협한 시선

카페를 운영하니 여러 사람들을 만나게 된다. 들어오시는 손님마다 옷차림도, 시키는 메뉴도 가지각색이다. 테이블에서 불리는 이름도, 들리는 이야기도 다양하다. 오늘 나는 이런 다양한 손님들을 통해서 내 속의 편협한 시선과 마주했다.

우리 카페는 상대적으로 외진 곳에 있다. 그것도 '읍'에 있다. 그리고 여기 읍에는 60대 이상의 노년층 인구가 많은 편이다. 그러다 보니 사부작사부작 마실 다니며, "여기가 뭐하는 덴고?" 하면서 들어오시는 분들이 꽤 된다. "카페예요"라는 간단한 대답만을 남긴 채 계속 내 일을 한다. 그러면 어르신들은 조금 둘러보다가 곧 나가신다. 구차하게 덧붙이자면 불친절한 건 아니다. 꼭 웃으며 인사는 한다.

오늘도 어김없이 어르신 한 분이 들어오셨다. 주춤주춤. 여기가 어딘지 궁금해 하시는 것 같아서 먼저 대답해드렸다. "안녕하세요, 여기 카페예요." 조금 버르장머리 없이 보였으려나. 어르신은 고개를 끄덕끄덕하시더니 카운터로 오신다. 그리고 메뉴판을 들여다보신다. 에스프레소, 아메리카노, 카페라테, 헤이즐넛 커피. 메뉴판은 한글로 쓰여 있지만 한글이 아니었다. 어르신은 한참, 아주 한참 동안이나 메뉴판을 들여다보셨다.

나중에 어르신은 카페에서 가장 많이 나가는 커피를 한 잔 달라고 하신다. 주문을 마치신 어르신이 카페를 둘러보기 위해 등을 돌리는데, 난 그런 어르신을 붙잡고 "계산 먼저 도와드릴게요"라고 말했다. '아차' 싶은 표정의 어르신은 느릿한 손으로 호주머니 속 카드를 꺼냈다. 그렇게 어르신은 연하게 내려진 커피 한 잔을 건네받고 카페를 나가셨다. 그런데 가신 줄 알았던 어르신이 다시 들어와서 한 마디 건네신다.

"자주 뵈면 좋겠네요."

순간 가슴이 철렁했다. 가슴에 돌덩이가 얹어진 기분이 들었다. 이 정체가 뭘까? 왜일까? 왜 마음이 편하지 않을까? 이 정체가 뭔지 모르겠어서 한참을 고민했지만 답을 못 찾았다. 그렇게 며칠이 흐르고서야 그 답을 찾았다. 며칠 뒤 방문한 손님들을 통해서 그 답을 알고야 말았다.

오후 8시 즈음 들어오신 손님들은 가족이었다. 아빠, 엄마, 그리고 대학생처럼 보이는 딸. 들어오는 순간부터 밝은 에너지가 느껴졌다. 한 공간에 같이 있는 것만으로도 밝은 기운이 감돌았다. 서로 이야기를 나누며 간간히 들리는 웃음소리마저도 상쾌했다. 세 사람에게서 사랑이 느껴졌다. 잠시 뒤 손님들은 카운터로 오셔서 커피를 주문한다. 그리고 한 마디 덧붙이신다.

"사장님 것까지 한 잔 사드릴게요. 같이 마셔요."

카페를 오픈하며 사장의 음료까지 사준다는 손님은 처음 만나본다. 한적한 카페를 바라보며 지쳐있던 나를 한순간에 일으켜

세워준다. 그 말 한마디에 피곤함이 모두 잊혔다. 단순히 커피를 사고파는 거래를 넘어서, 배려받고 존중받는 느낌이 들었다. 그래서 그 마음이 너무도 감사했다.

커피 한 잔 사주신다는 손님을 겨우 만류하고 계산을 도와드린다. 손님은 명품 지갑에서 카드를 꺼내신다. 자세히 보니 들고 있는 가방도 명품이다. 차키엔 외제차의 로고가 박혀있다. 그러고 따님 분을 보니 묘하게 귀티가 흐르는 것 같다. 이어서 이것저것 물어보는데 왠지 모를 당당함이 느껴진다. 뭔지 모르게 위축되는 듯했다.

손님이 또 말을 건넨다. "이런 공간을 차리는 데 돈이 많이 들었겠어요." 나도 모르게 동문서답을 한다. "아 저 공공기관에서 근무하면서 모은 돈으로 차렸어요." 잠시 뒤 대답한 말을 되뇌어 본다. 왜 그 이야기를 했을까? 공공기관 다닌 게 뭐가 자랑이라고 그렇게 말했을까? 그 대답이 오히려 나를 더 별 볼 일 없게 만들었다. 그 순간 너무 처량했다. 부끄럽고, 한심했다.

나는 나의 편협한 시선과 마주했다. 결코 반갑지 않았던, 영영 알고 싶지 않았던 발견이었다. 나도 모르게 사람을 차별하고 있었다. 그 사람의 외관을 보고 구매력을 판단하고 있었다. 그리고 돈 있는 사람 앞에서는 필요 없이 위축되고, 잘 보이려고 애쓰고 있었다. 스스로 강한 자 앞에서 약하고, 약한 자 앞에서 강하도록 만들었다. 스스로를 한없이 처량하고, 부끄럽고, 한심하게 만들고 있었다.

손님들을 통해서 내 속의 편협한 시선과 마주했다. '사장님 몫의 커피까지 사주겠다'는 말 보다, '자주 보면 좋겠다'는 그 말이 더 아름다운 말임을 뒤늦게 알았다. 이 사실이 너무 부끄러우면서도 감사해서 용기 내보기로 한다. 나의 부정적인 면을 솔직하게 인정하고 받아들인다. 더 이상 처량하고, 부끄럽고, 한심한 나를 만들고 싶지 않다. 나는 변하고 싶다.

9.

서당개 삼 년이면
풍월을 읊는다

오늘은 오랜만에 대학교 선배를 만났다. 출장길에 올랐던 선배는 뜬금없이 나의 카페 오픈 소식을 들었다. 선배는 부랴부랴 업무를 마무리하고, 퇴근시간에 잠깐 카페에 들렀다. 오랜만에 만난 선배가 무척이나 반가웠다. 대학교를 졸업하고, 취직을 하자 사람들을 만나는 게 쉽지 않았다. 다들 다양한 지역으로 뿔뿔이 흩어져 각자 열심히 살고 있는 중이다. 선배와의 만남도 무려 6년 만이었다. 서로 늙어버린 얼굴을 보고 어색하게 농담을 던진다. "넌 아직도 키가 그렇게 작아서, 땅에 붙어 다니네." 나도 질 수 없다. "선배도 만만찮구먼? 그때 그 노안이 여전하네요?"

퇴근 후 배고플 선배를 위해서 밀크티 한 잔, 노릇하게 구운 베이글을 들고 갔다. 선배는 배고팠는지 연신 "네가 만든 것치고 맛있네"를 만발하며 허겁지겁 먹었다. 나는 피식 웃으며 냉장고 깊숙이 넣어놓은 참외를 깎았다. 선배는 배가 어느 정도 찼는지 찬찬히 카페를 둘러봤다. 평소 책에 관심이 많은 선배는 카페 한편에 진열되어있는 책들을 유심히 본다. 그러다가 혼자서 큭큭 거리며 웃기 시작한다.

『출근 대신 여행』『나에게 고맙다』『미움받을 용기』『그냥 이대로 나를 사랑해』『민주주의는 회사 문 앞에서 멈춘다』 등등. 카페에 진열돼있는 책들만 보고도 내가 어떤 심정으로 퇴사를 하고 카페를 차렸는지 알만 하단다. 책 제목에 내 감정이 고스란히 묻어져 있어 조금 부끄럽다. 참외나 먹으라며 테이블에 접시를 툭 내려놓았다.

우리 두 사람은 서로 회사에서 얼마나 몸담고 있었는지 이야기하기 시작했다. 나는 3년짜리였고, 선배는 7년, 그리고 그 이상을 바라보고 있었다. 지난 달에 귀여운 쌍둥이 딸이 생겨서, 더더욱 열심히 하고 있단다. 선배는 헤벌쭉한 표정으로 딸들이 자는 모습, 눈을 깜빡거리는 모습, 모유를 먹는 모습을 보여준다. 선배도 이제 아빠 다 됐구나. 아니, 진짜 아빠구나. 선배는 뒤늦게 정신을 차린다. 너무 아기 자랑만 했나 머쓱해하며 책으로 화제를 돌렸다. 선배는 한 책을 살펴보더니 한마디 한다. "사회생활 2~3년이면 아직 뭐 다 알지도 못하는데, 책을 쓰는 거 보면 사실 좀 읽기 싫어지더라." 나도 글 쓰고 있는데. 괜히 민망하다.

사실 선배의 말을 듣고 곧바로 부정하지 못했다. 그래, 솔직히 3년이면 사회생활을 오래, 진득하게 해본 것도 아닌데 뭘 알까? 그러다가 곧 억울해진다. 3년이라면 짧다고 할 수도 있지만, 나이, 경력, 직업, 직종을 떠나서 다들 각자의 사정을 껴안고 삶을 살고 있다. 나이가 어리다고, 경력이 짧다고 그 사람의 삶이 쉬운 건 아니다. 다들 각자의 고민이 있고, 치열한 고민 끝에 선택한 길을 걸어간다.

출장지에서 집으로 복귀하는 선배에게 시원한 아메리카노 한 잔을 건네며 덧붙인다.

"나 열심히 살았고, 지금도 열심히 살고 있어요. 항상 여기 있을 테니 생각나면 놀러 와요. 선배가 살아가는 세상 이야기도 해주고! 이야기 삯으로 커피 한 잔 드릴 테니까요!"

10.

무인성이 진짜 무인성이었을까?

회사 동기 중 별명이 '무인성'인 언니가 한 명 있었다. '무인성'의 의미가 인성이 안 좋다는 말이 아니라, 마치 로봇처럼 무표정으로 일하는 모습이 딱 '무(無) 인성'이라서 그런 별명이 붙었다. 무인성 씨가 담당한 업무는 각 팀에서 올라온 온갖 예산 관련 보고서들을 검토하고 승인해주는 업무다. 출장비, 사무용품 구입비, 회의 진행비 등 예산이 안 들어간 문서는 찾기 힘들다. 그래서 무인성 씨는 마우스를 잡는 오른쪽 손의 두 번째 손가락에 관절염이 왔다. 승인하고 반려하는 버튼을 하루에도 1,000번 이상 누르니 관절염이 안 올 수 없을 것 같다.

문서를 반려당한 팀에서는 곧장 무인성 씨한테 전화를 건다. 지금 사업 진행한다고 바빠 죽겠는데 왜 문서를 반려했냐고 따지기 위함이다. 무인성 씨는 일관된 목소리로 조목조목 설명한다. "회의에 참석하는 인원 대비 회의 진행비를 높게 책정하셨어요. 사무용품도요." 무인성 씨의 일관된 목소리는 화낸 사람을 역으로 당황하게 만든다. 다행히 '동기'라는 이름으로 여러 번 덕을 봤다. 계산 실수로 총액을 틀리게 적거나, 예산 비목을 잘못 잡았을 때 무인성 씨가 남모르게 여러 번 고쳐줬다. 무인성 씨가 있어서 그나마 회사 생활, 할만했다.

그런 무인성 씨는 나보다 몇 개월 앞서 퇴사를 한 퇴사 선배가 됐다. 입사 경력 대비 엄청난 강도의 업무를 맡았던 무인성 씨. 그는 정말 책임감을 갖고 열심히 일하는 사람이었다. 그런데도 무인성 씨는 더 열심히 일하라고 팀장님께 채찍질 당했다. 달리는 기차에도 열을 식히는 쉬는 시간이 필요한 법이다. 결국 그 기차는 과도한 열로 터지기 직전에 멈춰 섰다. 그리고 무인성 씨는 그 용광로같이 뜨거운 기차를 뛰쳐나갔다. 온몸에 타들어가는 화상 자국을 남긴 채….

오늘 이 무인성 씨가 카페에 방문했다. 무인성 씨는 매일 새벽마다 요가를 다닌다. 그래서 그런지 얼굴에서 촤르륵 광이 난다. 무인성 씨는 우리 카페의 밀크티를 가장 좋아한다. 진한 홍차 맛과 향이 우러난 밀크티가 입맛에 딱 맞다고 한다. 무인성 씨는 같이 온 친구와 밀크티를 시키고 자리에 앉았다. 무인성 씨는 친구에게 근황을 묻고, 친구는 무인성 씨의 하루 일과를 묻는다. 둘은 이제 지난 추억들을 읊조린다. 친구와 두런두런 이야기를 하는 무인성의 얼굴에는 웃음꽃이 피었다. 힘껏 웃는 얼굴에는 발그레 홍조가 피었다.

무인성 씨는 진짜 무인성이었을까? 회사 사람들은 무인성 씨가 저렇게 어린아이 같이 웃을 수 있다는 걸 알까? 회사 사람들은 무인성 씨가 저렇게 에너지 넘치는 사람임을 알까? 회사 사람들은 무인성 씨가 평소에 저렇게 신나게 이야기하는 걸 알까? 나도 비록 회사에서는 무인성 씨의 진면모를 못 봤지만, 내가 차린 카페에서 무인성 씨의 행복한 모습을 보니 좋다. 그냥 마냥 좋다.

11.

외장하드보다 못한
애매한 인간

회사 동기 중 '정PD님'이라고 불리는 친구가 있었다. 정PD님은 음악과 영화에 아주 미친 사람이었다. 점심시간마다 특유의 감각으로 음악을 선곡해서 들려주곤 했다. 열 곡이고 스무 곡이고 좋다고 대답할 때까지 들려준다. 정PD님이 추천한 곡들은 하나같이 난해해서 따라가기 어렵다. 좋은 곡이 한 번씩 있긴 했는데 어쩌다 하나였다. 하여튼 정PD님이 추천해주신 주옥같은 노래가 많은 도움이 됐다. 그때 알게 된 노래들은 카페에서 때로는 잔잔하게, 때로는 신나게 분위기를 만들어주고 있다.

정PD님은 동기 중 유일하게 나의 브런치를 보는 구독자다. 어쩌다가 글 하나를 공유한 적이 있는데, 브런치 속 내 정체를 들켜서 꾸준히 봐주고 있다. 그런데 오늘 정PD님이 이상한 말을 건넨다. "난 너를 정말 주체적으로 사는 사람이라고 생각해. 그런데 네가 쓴 글들을 보니까 현실의 너보다 더 못나고, 낮은 사람으로 묘사한 것 같아. 생각해보면 다들 생각만 하지 실행에 못 옮기는 것들 넌 다 했잖아. 공공기관 다녀서 직장생활도 해보고, 석사에 박사도 해보고, 다들 로망이라는 카페도 차려보고. 남들은 하나씩만 하기도 벅찬데 넌 다했잖아. 그게 얼마나 대단한 건데. 너 스스로를 너무 낮추지 마."

정말 그런가? 예전의 나는 분명 달랐다. 회사 다니면서 난 내가 정말 중요한 사람인 줄 알았다. 내가 하고 있는 이 일은 나 아니면 못한다고 생각했다. 그래서 괜히 불안했다. 모든 업무를 다 내가 맡아서 해야 한다는 압박감에 시달렸다. 특히 인사이동으로 인해 내가 팀에서 가장 오래 남은 팀원이 되자 증상이 더 심해졌다. 모든 업무 히스토리나 문서들을 장악하려고 했다. 팀원들이 궁금한 게 있으면 나한테 와서 물어보길 바랐다.

갑작스럽게 퇴사를 결정했을 때 팀원들이 나를 붙잡으며 말했다. "이제 애매한 씨 없으면 어떻게 해요." 팀원들이 나에게 의지한다는 것, 나 없으면 안 되겠다는 말들이 기분 좋게 들렸다. 막상 퇴사하고 나니 걱정도 됐다. 이제 처리 못하고 남아있는 일들은 다들 어떻게 하나 불안해서 잠이 안 왔다. 혼자 걱정하며 상상의 나래를 펼쳤다.

'나 없으면 다들 허둥대겠지. 시도 때도 없이 전화해서 물어보겠지. 과감하게 휴대전화는 꺼둬야지.'

그러나 휴대전화는 잠잠했다. 이메일도 고요했다. 울리지 않는 휴대전화를 뚫어져라 쳐다보고, 비어있는 메일함을 계속 들락날락하며 며칠을 보냈다. 하지만 내가 없어도 회사는 전과 똑같이 굴러갔다. 다만, 내가 남겨놓고 간 외장하드. 그 외장하드는 나의 모든 것을 대체했다. 나보다 그 외장하드가 더 가치 있게 느껴졌다. 그렇게 시간이 흘렀고 나는 카페를 오픈했다. 주변에서는 내게 '카페 사장님'이라는 호칭을 주었다.

브런치에서 글을 게재하고 나서는 '작가님'이라는 말도 들어봤다. 하지만 나 자신에 대해서는 여전히 보잘것없는 사람이라는 생각이 더 강해졌다. 겉만 요란한 빈 수레 같았다. 카페 사장님이라고 해서 장사가 잘되는 대박집 사장님도 아니었고, 글을 쓰고는 있지만 그저 일기 끄적이듯 쓰는 나부랭이 글이라 여겼다. 겉으로는 씩씩해 보여도 속은 소심하고, 모나고, 이기적이고도 초라한 작은 어린아이일 뿐이었다.

나도 모르는 새에 이런 내 마음이 글에 자연스럽게 녹아있었나 보다. 정PD님의 말에 괜히 실체를 들킨 것 같아 부끄러운 마음이 들었다. 나라는 사람, 외장하드보다 못한 애매한 존재였던 걸까?

12.

자신을 축소하는 행위는 사랑의 행위이다

정PD님의 이야기에 해답을 얻지 못한 채로, 오랜만에 카페 휴무일에 서점에 들렀다. 서점에 가보니 책 제목들만 봐도 눈물이 난다. 『당신의 마음을 안아줄게요』『걱정 많은 당신이 씩씩하게 사는 법』『미움받을 용기』『자존감 수업』『나 자신을 사랑해줘』『나를 사랑하는 일에 서툰 당신에게』『당신은 아무 일 없던 사람보다 강합니다』 등등. 책 제목이 다 내 이야기 같다. 다 읽어야만 할 것 같다. '자존감' '나를 사랑하는 법'을 다룬 책 두어 권을 샀다. 책을 읽고 나면 초라한 나 자신을 바꿀 수 있을까? 다 읽고 나면 나 자신을 잘 위로해줄 수 있을까? 그렇게 고민하며 오로지 나만을 위한 책을 샀다.

하지만 위로는 의외의 책에서 다가왔다. 집 한 구석 어딘가에서 굴러다니던 책 한 권, 알랭 드 보통의 『아름다움과 행복의 예술』. 2015년 청주 국제공예비엔날레 특별전 기념으로 나온 책이다. 알랭 드 보통이 공예작품들을 보며 감상평을 짤막하게 적어둔 책이다. 어디서 선물을 받았었나, 언젠가 출장길에 샀던가, 아니면 알랭 드 보통의 작품을 꼭 한 번은 읽어보라고 해서 사뒀던가 기억이 안 난다.

표지가 예쁘고 책 안에도 공예작품들의 사진이 큼지막하게 나와 있어 좋다. 사진을 훑어보고, 알랭 드 보통이 남긴 작품에 대한 감상평도 찬찬히 읽어본다. 사실 반쯤 넘긴 게 더 많지만. 그렇게 책장을 넘기다가 마음에 오래도록 남을 만한 문구 하나를 발견했다. 지금의 내가 볼 걸 알고 쓴 게 아닐까 할 정도로 기억에 남을 만한 문구다.

우리는 자연스럽게 자기 자신의 중요성을 과장한다.
우리 자신의 삶에 일어나는 일들은 우리의 세계관으로는 매우 중요해 보인다. 그러나 실제로 우리는 극히 미미하고, 완전히 사라져도 무탈한 존재들이다. 우리가 없어도 세계는 전과 똑같이 굴러갈 것이다.
때로 자신의 눈으로 스스로를 낮추어 바라보는 것도 매우 도움이 된다. 그때 우리가 하는 일이 대단히, 엄청나게 중요하다는 절박하고 불안한(그리고 매우 정상적인) 느낌이 진정될 수 있기 때문이다.

이처럼 자신을 축소하는 것은 창피한 일이 아니다. 이는 사랑의 행위다.
-『아름다움과 행복의 예술』 중에서

지금까지 살면서 자연스럽게 나 자신의 중요성을 과장했다. 내가 하고 있는 일이 대단히, 엄청나게 중요하기 때문에 나만이 해결할 수 있을 줄 알았다. 뭐라도 돼야 하는 사람이라 이것저것 욕심을 부렸다. 하지만 그 속에서 나도 모르게 고통받고 있었다. 빨리 뭐라도 돼야 한다는 절박하고 불안한 느낌, 스트레스, 압박감. 스스로 먼저 내려놓았다면 마음은 편했을 텐데, 내려놓지 못해서 퇴사 후가 더 힘들었다. 나보다 외장하드를 먼저 찾는 사람들을 보자 슬펐다. 이것밖에 안 되는 사람이었나 한심했다. 나를 과대평가하고 있던 나 자신이 부끄럽고 창피했다.

그러나 알랭 드 보통은 말해준다. 자신을 축소하는 것은 창피한 일이 아니라고, 이것은 자신을 향한 사랑의 행위라고. 스스로 낮춰서 보니 이전에 시달리던 '뭐라도 돼야 한다'는 절박하고 불안한 느낌은 사라지고 없었다. 이전에 안 보이던 내 모습들이 보인다. 외면은 가꿨을지 모르나 내면은 철딱서니 없는 모습. 그 모습에서 아직 배워야 할 것들이 많이 남았다는 사실을 깨닫는다.

이것저것 화려한 껍데기로 가려진 나보다 있는 그대로의 나를 받아들이게 된다. 다른 사람들이 바라보고 있던 나와 실제의 나 사이의 괴리감 때문에 힘들어하지 않아도 된다. 난 이런 사람이다. 이게 원래 나다. 그러니 창피하지 않다.

나는 나를 사랑한다.

13.

어차피 있을 수밖에 없는 '적'이라면

오늘은 오픈하자마자 손님이 한 분 찾아오셨다. '웬일이래!' 하고 문을 열어 드렸다. 손님은 카페를 찬찬히 둘러보다가 음료를 한 잔 주문한다. 음료를 테이블에 갖다 드리고, 여느 때와 다름없이 노트북을 켰다. 집에 필요한 생필품들도 주문하고, 인터넷 뉴스도 조금 보고, 카페를 홍보하기 위해 블로그에도 글을 올리면 시간이 훌쩍 간다. 손님도 여유롭게 커피 한 잔, 나도 여유롭게 커피 한 잔하며 오전을 즐겼다. 잠시 뒤 손님이 "저기요…."라고 말을 건넨다.

손님에게 "뭐 필요하신 거 있으세요?"라고 물어본다. 손님은 주저한다. 말을 건넬까 말까 수어 번 고민한다. 그러다가 용기를 내보자 마음먹고, 떼어지지 않는 입을 겨우 연다. '여기 카페의 월세는 얼마냐, 관리비나 전기세는 얼마나 나오고 있냐, 인테리어는 셀프로 한 거냐, 커피머신은 어디서 샀냐, 원두는 어디서 가져오냐, 한 번에 너무 많이 물어본 것 같다. 그런데 보증금은 얼마냐.' 순간 당황했다. 손님은 두 손을 꽉 잡고 있었는데, 안쓰럽게 떨리고 있었다. 손님은 절박한 마음으로 여기까지 온 거다. 나 역시 카페 오픈하기 전에 고민이 많았었는데…. 마침 다른 손님도 없고 해서 솔직히 대답해줬다. 더 궁금한 거 있는데 물어봐도 되냐고 물어보시길래, 언제든지 물어보라고 답변했다. 손님은 친절한 나에게 조금 미안한지 덧붙인다. "사실 내가 주변에서 카페를 하고 있는데…."

아, 순간 진심으로 당황하고 말았다. 손님은, 아니 사장님은 이

옆에 빈 상가에 관심이 있어서 오셨다고 한다. 그런데 여기에 카페가 있으니 다른 곳에 알아보고 있다고 걱정 말라고 하신다. 월세가 요새 많이 올랐나 보다. 현재 운영 중인 카페에 손님이 많이 줄어서 다른 곳으로 알아보는 상황인데, 지금 있는 카페는 너무 노후화돼서 새로 알아보고 있다고 하신다. 나도 그 사장님의 상황에 한몫한 것 같아서 괜히 민망했다.

우리 카페에 단골손님이 생긴 만큼, 다른 카페의 손님은 줄어들었을 테니까. 우리 카페에 손님들이 앉아있고, 저 카페는 비어있는 걸 나도 보았으니까. 그런데 오히려 사장님께서 미안해하신다. 다른 카페에 와서 이렇게 물어보는 게 폐가 되지 않았나 싶어 절박한 표정이 된다. 어떻게 생각해보면 나는 사장님을 다른 곳으로 가게 만든 '적'일 수도 있는데…. 많은 생각이 든다.

살아가면서 인생에 '적'이 없기는 어렵다. 살기 위한 생존권을 두고 '적'이 생길 수 있고, 사회생활을 하며 만든 '적'이 있을 수도 있다. 나는 인생에서 '적'을 쉽게 만드는 편이었다. 나하고 친한 사람만 잘해주고, 그 외의 사람에게는 쌀쌀맞았다. 설령 친하더라도 자존심을 건드리거나, 상처 주는 말을 하는 사람은 가차 없이 내 울타리 밖으로 쫓아냈다. 그리고 두 번 다시 말을 걸지 않았다. 회사에서는 제법 싹싹한 모습을 보여서 두루두루 친하게 지냈지만, 분명 '적'은 있었다.

대표적인 '적'은 팀장님이었다. 나를 자기의 기준에 맞게 바꾸려고 하는데 진절머리가 났다. 회사 동기들과 팀장님 욕을 하고 있으면 시간 가는 줄 몰랐다. 그만큼 쌓인 것도 많았고, 할 이야기도 많았다. 회사 동기들이 팀장님을 '나쁜 사람'이라고 동조해주면 행복했다. '사람을 이렇게 미워할 수 있을까' 생각할 정도로 팀장님을 증오했다.

그러나 퇴사 이후 모든 게 다 무의미해졌다. 그 사람을 미워하고 증오해서 남은 것은 아무것도 없었다. 그 사람은 계속 회사를 다니고 있고, 난 회사를 나왔다. 그 사람은 계속 그 사람이었고, 나는 애매한 인간으로 남아있다. 다만 그 사람을 미워했던 내 입, 내 행동, 내 마음만 거칠어졌을 뿐. 그것 외에 남은 것이 없었다.

그런 의미에서 오늘 카페로 찾아온 사장님은 특별했다. 나는 '적'에 대한 증오로 세월을 허비하느라 공허해졌지만, 그 사장님은 달랐다. 그 사장님에게 있어 나는 본인의 입지를 불안케 하는 '적'이었을 수 있다. 하지만 사장님은 '적'을 찾아왔다. 증오로 본인의 마음을 갉아먹는 것보다, 본인을 위한 길을 선택한 것이다.

이전의 나는 그저 팀장님이라는 '적'을 정해서 비난하기 바빴다. 주변에서 그 사람을 나와 똑같이 '나쁜 놈'이라고 불러주길 바랐다. 그리고 누군가 팀장님을 '나쁜 놈'이라고 부르면, 우월감을 느꼈다. '거봐, 내 말이 맞지. 내가 이상한 게 아니라, 저 팀장님이 이상한 거라니까.' 그런데 그렇게 그 사람을 비난해서 얻은 게 뭐 있나 도대체. 이런 모난 마음이 쌓이고 쌓여, 나는 결국 이렇게 더욱 애매하게 남아버렸나 보다.

14.

만남 후엔
이별이 있는 법

회사를 박차며 나올 때만 해도 여기 있는 인간들과 다시는 마주치고 싶지 않다고 생각했다. 물론 잘해주신 분들도 계셔서 가끔 안부를 묻곤 했지만, 먼저 나서서 연락하고 싶지는 않았다. 그저 회사와는 멀어지고 싶다는 생각뿐이었다. 막상 퇴사하고 나니 나 없는 회사가 어떻게 굴러갈까 너무 궁금했고, 나도 모르게 인사와 조직개편은 어떻게 됐는지 귀를 기울이게 됐다. 회사 동기들은 각각 다른 부서에서의 정보통이라 새로운 소식을 전해주었다. 비록 자발적으로 회사에서 뛰쳐나온 퇴사자이지만, 회사 동기들과 회사 이야기를 하고 있을 때면 소속감을 느끼곤 했다. 단체 채팅방도 그대로 남아있었다. 몸은 카페에 있지만 회사 동기들과 함께 일하고 있는 기분이 들었다. 그 사실이 나를 무엇보다 기쁘게 했다.

휴무일인 월요일에 회사 동기들과 함께 점심을 먹기로 했다. 앞서 퇴사한 동기 두 명도 함께 불렀다. 일하고 있는 동기들을 배려해서 회사 앞 식당에서 보기로 했다. 점심시간에 사람이 몰려들 걸 고려해서, 퇴사자 세 명은 먼저 식당에 가서 음식을 주문한다. 음식이 나올 때쯤 오전 업무를 마무리하고 나온 동기들이 우르르 식당에 들어온다. 짧은 점심시간을 여유롭게 즐기기 위해서 우리는 허겁지겁 점심을 먹었다. 그리고 근처 카페로 들어갔다.

빠르게 음료를 주문하고 오늘도 어김없이 회사 이야기를 시작했다. 연초에 부서장이 바뀌어서 분위기가 많이 무거워졌다는 이야기, 곧 워크숍이 있는데 가기 싫다는 이야기, 어느 팀의 누가 청첩장을 돌렸다는 이야기. 그리고 이직 이야기. 다들 말버릇처럼 하던 '이직' 이야기를 이제 진지하게 고민하기 시작한다. 퇴사한 동기 한 명은 깜짝 소식을 전한다. "나 외국계 기업 합격해서, 다음 주부터 출근하기로 했어."

다들 축하한다며, 퇴사하고 마음고생 하더니 정말 잘됐다고 격려해준다. 이직하는 회사의 급여, 복지, 근무환경을 물어본다. 역시 사기업은 다르다고 목소리를 높여본다. 시간은 어느새 12시 40분, 동기들은 회사로 복귀해야 할 시간이다. 휴무일이라 시간이 넘쳐나는 나는 뭔가 아쉬웠다. 하지만 그들은 돌아가야 할 장소가 있다. 아쉬움을 가득 담아 동기들을 보냈다. 혼자서 할 것도 없으니 집으로 가는 버스에 올라탄다. 창밖으로 보이는 풍경을 가만히 바라본다. 빨간색, 회색, 파란색 사원증을 목에 걸고, 손에는 커피를 들고, 삼삼오오 모여 사무실로 들어가는 사람들. 울컥 눈물이 쏟아진다.

첫 회사생활은 생각보다 많이, 아주 많이 힘들었다. 알고 보니 나는 최고의 기피부서로 발령받은 신입이었다. 처음 해보는 일이라 익숙하지도 않은데, 인간관계도 마음대로 흘러가지 않았다. 일을 하다 보니 여유가 없어서, 동기들과 커피 한 잔도 못했다. 점심시간도 무조건 팀원들과 먹었다. 나는 표정 없이 회사를 다니고 있었다. 그저 자동화된 기계처럼 아침에 일어나서 출근하고, 일하고, 밥 먹고, 퇴근하고를 반복했다. 회사 사람들은 나에게 '제일 먼저 퇴사할 것 같은 애'라고 낙인을 찍었다. 지하 1층 여자 화장실의 제일 끝 칸은 나만의 공간이었다. 숨죽여 울지 않아도 됐다. 화장실 물을 수어 번 내리며 소리 높여 울었다. 그게 회사에서 살아갈 수 있는 유일한 길이었다.

그러던 내게 손 내밀어준 게 동기들이다. 나에게 이런저런 별명을 붙여주며 사심 없이 대해주던 동기들, 퇴근 후에도 함께 밥 먹고 이야기 들어주던 동기들, 인생에 대해서 진지하게 이야기했던 동기들. 그들은 회사생활 3년을 버티게 해준 버팀목, 그 이상이었다. 대학을 졸업하고 친구들과 뿔뿔이 흩어져 외로움에 사무쳐있던 나를 구원해주었다. 20대 중후반, 나의 빛나던 시간들에 함께했던 사람들이다. 비록 회사라는 공간을 뛰쳐나왔지만, 카페라는 새로운 공간에서 그들과 함께하고 있으니 행복했다. 그래서 카페도 외롭지 않고, 할 만하다고 생각했다. 그렇게 그들은 어느 순간에 내 마음에 들어와서 소중한 사람이 되어버렸다.

그러나 이제는 다르다. 시간이 흘러 어느새 우리는 각자의 길을 바라보고 있다. 당장 다음 주에 다른 지역으로 출근을 앞둔 동기를 바라보자 더 실감 났다. 우리에게 주어진 시간이 길지 않겠구나. 우리가 같은 주제로 웃고 떠들 수 있는 시간이 많지 않겠구나. 이제 각자의 삶을 살며, 각자의 길을 걸어가겠구나. 우리는 그렇게 조금씩은 멀어지겠구나.

하지만 우리는 예전의 추억으로 남고, 새로운 추억을 만들어 나가겠구나.

15.

솔직히 나도
사장님처럼 되고 싶어요

지난번 카페에 선배가 왔다간 후로 회사에 소문이 났다. '어디 팀의 퇴사한 개, 근처에서 카페 차렸대.'

그래서인가, 퇴사한 직장의 전 팀장님으로부터 카톡이 왔다. 사장님과 함께 방문하려고 하는데, 의전을 위해 주차를 어디에 하면 좋을지 묻는다. 퇴사한 직원이지만 새 출발을 응원해주려는 회사 분들에 감사한 마음 반, 부담 반이다. 회사를 그만두고 잠시의 방황 끝에 차린 카페, 누구 보여주기에 잘난 수준이 아니라서 부담이었다. 줄 서서 들어오는 카페라면 알음알음 찾아오지 않더라도 먼저 자랑하고 다녔을 텐데. 휴….

순간적으로 잔꾀가 떠올랐다. 첫 번째는 테이블을 모두 치워버리고, 테이크아웃 전문점인 척하는 것이다. 그러면 앉을 자리가 없어서 금방 돌아가겠지? 두 번째는 카페 셔터 문을 내려버리는 것이다. 개인적인 사정으로 카페 문을 닫아서, 사장님께는 안타깝지만 다음에 오시라는 말을 건네는 것이다. 그러나 모두 쓸모없는 전략이다. 오늘 카페 문을 닫아서 회사 사람들을 피한다고 하더라도, 다음번에 한 번은 올 것만 같았다. 그리고 오후 매출을 포기할 수 없었다. 오천 원이라도 더 벌어야지!

오후 6시 20분 즈음 사장님, 팀장님과 과장님이 카페에 들어오셨다. 사장님이 먼저 손을 내민다. 두 손을 성큼 내밀어 씩씩하게 인사한다. 팀장님과 과장님께는 "잘 지내셨어요? 보고 싶었어요"라고 인사를 건넨다. 메뉴판을 건네서 주문을 받았다. 음료 네 잔과 베이글 두 개, 프레즐 한 개. 퇴근하고 바로 오셨을 터라 배고프실 것 같아서 베이글 한 개를 먼저 구워갔다. 다음으로 베이글과 프레즐을 가져갔다. 과장님은 갓 구운 따끈따끈한 베이글을 사장님께 건네 드리고, 본인은 먼저 나간 식은 베이글을 먹는다. 서먹한 테이블 위로 과장님이 나서서 재밌는 이야기를 시작한다. 다들 사장님이 웃는지 안 웃는지 반응을 살피며 다양한 이야기를 한다. 마지막으로 음료 네 잔을 들고 테이블로 갔다. 팀장님은 손님도 없으니 옆에 앉으라고 하신다. 멋쩍게 테이블 옆에 의자를 하나 붙여 앉는다.

사장님은 퇴사한 직원이 나가서 차린 카페가 어떤지 궁금하셨다고 한다. 여덟 평 남짓한 카페라 테이블도 얼마 안 되고, 손님도 없어서 괜히 민망해 죽겠다. 오전에 있던 손님들을 모두 초청해 이 자리에 모시고 싶다. 괜히 오전에는 손님이 참 많았다고 자랑을 해보지만 더 초라해진다. 어느새 우리는 사장님이 웃을 만한 이야기, 사장님이 공감할 만한 이야기를 시작한다. 모두가 사장님께 주목하고, 관심을 쏟고, 공감 어린 표정으로 사근사근하게 맞장구를 치면서 알은체를 한다.

한 시간 반가량을 이야기하며 시간을 보냈다. 나중에 사장님이 먼저 "잘 먹었습니다"라는 인사로 일어난다. 팀장님과 과장님은 즉시 자리에서 일어난다. 오늘은 사장님이 쏘신다고 하셔서, 사장님께 두 손으로 카드를 받아 들고 계산을 한다. 팀장님은 사장님이 바로 차에 타실 수 있게 먼저 나가서 차에 시동을 걸고, 카페 앞으로 차를 이동시킨다. 그렇게 사장님, 팀장님과 과장님은 카페를 떠나셨다. 번창하길 바란다는 응원을 남긴 채. 모두 가고 아무도 없는 카페를 둘러본다.

하필 회사 사람들이 왔을 때 한산한 카페가 원망스럽다. 회사를 나가서 저들보다 잘 돼야 하는데 이 정도밖에 안 되는 애매한 나라서 짜증난다. 여유로운 카페에서 나만의 시간을 보낼 때의 행복감은 이미 저만치 멀어진 후다. 회사 사람들에게 땅땅거리며 보여줄 '돈', 그리고 '명예'가 간절하다. 애매한 내가 아닌 완벽한 나, 더 높은 위치에 있는 나를 갈구한다.

현재에 만족하자고 했으면서, 현재에 만족하지 못하는 이유가 무엇일까. 카페를 시작하며 아무것도 바라는 게 없었는데, 왜 자꾸 '돈'과 '명예'에 욕심이 날까. 퇴사를 하며 유유자적 살자고 마음먹었는데 왜 또 '돈'과 '명예'를 좇고 있을까. 문득 오늘의 일이 눈앞에 스쳐 지나간다. 사장님을 의전하는 팀장님, 사장님의 분위기를 맞추려 노력하는 과장님, 그리고 모두의 반응을 살피며 광대뼈가 아프게 웃고 있는 나, 그 속에서 여유로움이 넘치는 사장님을 봤다.

'아, 나도 저렇게 되고 싶다.'

누군가 나에게 비위를 맞춰주고, 나의 이야기에 귀 기울여주고, 나를 의식하는 그런 상황이 부럽다. 이 모순덩어리에, 가식쟁이에, 애매한 인간아! 나 자신을 채찍질하고 비난해본다. 그래도 왜 자꾸만 욕심이 날까? 왜? 욕심을 버리고 현재에 만족하자고 수십 번 다짐했으면서 왜 흔들리는 걸까?

상당히 오랜 시간 고민 끝에 답을 얻었다. 답은 나의 '존재' 자체에 있었다. 나는 다양한 관계를 통해 한 사람으로서의 인정, 즉 존경과 사랑을 바랐다. 다른 사람들이 내게 주목하고, 관심을 쏟고, 공감 어린 표정으로 사근사근하게 맞장구치면서 알은체를 해주는 '존재감'을 바랐다.

내가 회사에 있던, 카페에 있던, 어디에 있던 '나'라는 사람의 존재를 인지하고, 존경해주길 바랐다. 부나 명예를 추구하는 자신을 모질게 비난할 필요 없다. 이건 나라는 존재의 본능이다. 존경받고 싶고, 사랑받고 싶어 하는 본능일 뿐이다. '나'라는 존재를 알아주고, 존경해주고, 사랑해주길 바라는 마음일 뿐이다. 어쩌면 당연한 마음인 거다.

16.

우리가 '남'을 이야기하는 이유

전에는 몰랐지만, 카페를 차리고 나서 알게 된 재능이 하나 있다. 바로 '주변의 모든 소리를 듣는 것'이다. 처음 회사에 입사하고 얼마 지나지 않아 담당 업무가 지정됐다. 나는 내가 맡은 업무만 잘하면 되는 줄 알았다. 하지만 회사생활은 그게 아니었다. 팀원이 출장을 가거나 자리를 비울 때, 팀원에게 인사이동이 있을 때, 팀원을 대신해서 민원인을 응대할 때 등등 수많은 예기치 못한 상황이 주어진다. 따라서 내 업무가 아니더라도 같은 팀원으로서 팀의 모든 업무를 잘 알고, 즉각적으로 대응할 것을 요구받는다.

그러다 보니 자연스럽게 팀원의 전화 받는 소리, 대화 소리, 심지어 혼잣말도 귀 기울여 듣게 된다. 팀에서 들리는 모든 소리를 들으려고 안간힘 쓰다 보면, 이제 여기에 재능이 생긴다. 심각한 표정으로 보고서를 쓰는 와중에도 팀원이 뭘 찾고 있는지, 뭘 하고 싶은지, 뭘 말하고 있는지 다 알게 된다. 이 재능의 장점을 꼽아보자면 '팀에 빠른 적응이 가능하다' '즉각적인 대응으로 팀 효율성이 올라간다' 정도 되겠다. 단점은 '꼰대'이자 '호구'가 된다는 점이다. 괜히 잘 들려서 참견하게 되고, 잔소리를 하게 된다. 괜히 팀 업무를 잘 알고 있어서 할일이 더 많아진다. 이쯤 되면 이게 재능인지 헷갈릴 정도다.

카페에서는 의식적으로 손님들이 하는 말을 듣지 않으려 무던히 애쓴다. 진지하고, 심각하게 애쓰고 있다. 노력에도 불구하고 몸에 배어 있는 이 재능 때문에 손님들 이야기가 너무 잘 들린다. 너무 잘 들려서 문제다. 카페에서 들리는 주된 이야기 소재 중 하나는 단연 '남'이다. 사람들은 나 자신의 인생만큼이나 다른 사람의 인생에도 관심이 많다.

고등학교 때 걔 어디서 뭐 한다더라, 대학교 때 걔는 아직도 취업을 못했다더라, 누구네 아들 서울에 있는 대학교 갔다더라, 누구네 딸이 회계사한테 시집을 갔다더라, 누구네 딸은 토익에서 990점을 받았다더라. 나라고 다르지 않다. 나도 '남'에 대해서 쉽게 이야기하곤 했다. 남을 비난하고 싶은 게 아니다. 그냥 궁금했다. 나의 기억 속에 남은 남이 뭐하고 사는지, 나의 주변에 있는 남은 어떻게 사는지 그저 궁금했다. 그리고 남에 대해서 이야기하면 재밌었다. 나와는 다른 삶, 나와는 틀린 삶을 사는 남의 이야기가 흥미진진했다.

'나는, 그리고 사람들은 왜 이렇게 '남'이 궁금한 걸까?'

사람들은 남 이야기를 함으로써 자기 위치를 확인하려 한다. 내가 이야기하고 있는 남과 동등한 위치에 있는지, 아니면 그보다 위에 있는지를 확인받고 싶어 한다. 남보다 밑에 있으면 불안하고 화가 난다. 남과 동등한 위치가 있으면 안심한다. 그러나 이내 불안해진다. 그보다 더 높은 위치에 있길 원하므로 자신을 다그친다. 남보다 높은 곳에 있으면 '내가 열심히 잘 살았구나'라고 안정감을 느낀다. 그러나 이내 또 불안해진다. 뒤따라오는 남, 내 앞에 가고 있는 남들을 보며 현실에 안주하는 자신을 다그친다. 나는 슬퍼졌다. 삶의 안정감을 남을 통해서 이루려고 하는 내가 밉다. 그러다가도 한편으로는 스스로가 안타깝다. 남의 이야기로 범벅된 대화 속에는 '더 열심히 살아야 한다'라고 자신을 채찍질할 뿐, 나 자신을 사랑하는 말은 없다.

모든 소리를 귀 기울여 듣는 이 재능에 지쳤다. 퇴사를 하고 카페를 차렸으니 여유롭게 살아볼까 하다가도, 카페에서 수많은 남의 이야기를 들으며 초조해졌다. 끊임없이 나와 남을 비교한다. 유학을 가고, 로스쿨을 가고, 승진을 하고, 억대 연봉을 받고 사는 수많은 남들에 비해 나는 보잘것없었다. 불안하고 초조한 마음을 가눌 수가 없었다. 어느새 나는 카페에 토플책이며, NCS 책이며 온갖 수험서를 가져와서 공부를 하고 있다.

어느새. 또 어느새. 지치지 않고 또다시 열심히 살아야 한다며 나를 다그치는 내가 가엽다. 이제 그만하고 싶다. 오롯이 나만을 위해서 살고 싶다. 남들이 보기에 뒤쳐져 있더라도, 남들이 보기에 불안한 위치에 있더라도 괜찮다.

나 자신이 보기에 지금이, 그리고 매일이 '정말 행복하게 잘 살았구나' 할 수 있는 시점이길 바란다. 그런 의미에서 나는 오늘부터 내가 가진 이 쓸모없는 재능을 버리기로 한다. 내 인생에서 끊임없이 '남'에 대해서 이야기하는 잡음을 꺼버린다.

17.

후회하는 당신,
지극히 정상입니다

추운 겨울에 카페를 시작하고, 어느덧 봄이 왔다. 길거리마다 하얗게 핀 벚꽃은 수줍게 볼을 밝히고 있었다. 따스한 햇볕은 내 볼과 머리에 앉았다. 즐거운 마음으로 카페로 출근한다. 카페에 도착해서 문을 여는 순간 강렬한 냄새가 코를 찌른다. 마치 땀이 찬 신발을 신고 나서 벗었을 때의 발가락 냄새와 같다. 아, 머리가 지끈지끈하다. 코를 킁킁거리며 어디서 흘러나오는 냄새인지 집중했다. 범인은 싱크대였다. 정확하게 말하면 싱크대 밑의 하수구였다. 아, 돌겠다.

카페에는 당연히 물을 쓰는 기계들이 많다. 따라서 물이 빠져나갈 배수 호수도 사방팔방 많다. 그중 하나는 커피머신이다. 커피머신 안에는 보일러가 있어서 물이 계속 돌아가고, 샷을 추출하고 난 후에는 기계에 묻어있는 원두 찌꺼기를 뜨거운 물로 한 번 헹군다. 이러한 찌꺼기들이 호수를 타고 내려가게 된다.

시원한 얼음을 만들어주는 제빙기도 수도와 연결돼 있다. 수도에서 나오는 물이 정수 필터를 거쳐 제빙기 안으로 들어간다. 제빙기 안에서 열심히 얼음을 만들어주고, 녹은 얼음물은 배수 호수를 통해 빠져나온다. 그 외에도 핫 워터 디스펜서(뜨거운 물을 만들어주는 기기), 싱크대 등의 기계에서 물이 배수된다. 여러 개의 호수들이 집결되는 곳은 한 곳, 하수구다.

겨울에 카페를 시작하다 보니 전혀 고려하지 못했던 문제다. 날이 따뜻해지니 호수뿐만 아니라 하수구를 통해서도 냄새가 올라온다. 불쾌한 냄새는 작은 카페를 순식간에 휘감았다. 환기를 시키고, 뜨거운 물을 하수구에 연거푸 부어도 냄새는 사라지지 않았다. 카페에 비치해놓은 디퓨저와 방향제를 하수구 근처에 놔둬본다. 하지만 하수구의 냄새와 방향제의 냄새가 뒤섞여서 더 곤란한 냄새를 만들어낸다. 혼자서 정신없이 호수 선들을 정리하고, 하수구도 닦아보고, 문도 열었다 닫았다 하며 애써본다. 어느새 손에는 베이고 까진 상처가 한가득이다. 그러나 아무리 애써도 이 냄새는 사라지지 않고 끈덕지게 붙어있다.

울컥 눈물이 난다. 슬퍼서 우는 눈물이 아니라, 짜증나서 나오는 눈물이다. 하수구야 탈취제를 사서 뿌리고, 하수구 트랩을 설치하면 해결할 수 있다. 정말 짜증나고 억울한 건 버는 돈은 없는데 써야 할 데는 많다는 거다. 예기치 못하게 카페에 계속 필요한 것들이 생기고, 고쳐야 할 곳들이 많아진다. 견딜 수 없이 짜증나는 건 '내가 왜 카페를 한다고 했을까' '나는 왜 이러고 있을까' '무슨 부귀영화를 누리겠다고 이러고 있는가' 하며 후회했다는 거다.

회사를 벗어나, '카페'라는 공간을 차렸을 때 행복이 시작될 줄 알았다. 장사가 좀 안 되더라도 하고 싶었던 일이니까 마냥 행복할 줄 알았다. 물론 행복한 순간은 많았다. 더 이상 업무나 직장상사로부터의 스트레스도 없었고, 단골손님들과 근황을 물으며 대화를 나눌 때면 마음이 따뜻했다. 내가 만든 음료와 디저트를 맛있게 드시는 손님들을 보면 '카페 차리길 잘했다'라고 생각했다. 손님이 없는 날은 커피 한 잔에 책 한 권을 읽으며 여유를 만끽했다. 스트레스로 M자형 탈모가 온 줄 알았는데, 이마에서 새로 자란 잔머리들을 발견했을 때는 더없이 행복했다. 일상이 사소한 행복으로 가득 찼다. 그러나 현실적인 벽에 부딪힐 때는 이러한 행복감을 전혀 기억하지 못한다. 그저 왜 사서 고생하는 길을 선택했는가, 왜 좀 더 나은 선택을 하지 못했는가에 대한 후회만 남는다. 지금이 그 순간이었다.

무슨 일을 하건 후회가 없을 수는 없다. 스스로 선택한 일에도 후회가 뒤따른다. 내가 좋아서 하겠다고 시작한 일에도 후회가 남는다. 내가 선택해서 한 일에 문제가 발생할 때는 더 큰 후회를 한다. 그러나 이는 어쩔 수 없는 문제다. 나는 초능력자가 아니다. 내가 선택한 이 길에 어떠한 위험이 도사리고 있는지, 얼마나 어려운지를 미리 알 수 없다. 어떤 사람들은 말한다. 수많은 선례들과 데이터들을 들고 와, 이 길을 가지 말라고 뜯어말린다.

그러나 나는 어쩔 수 없는 평범한 사람이다. 겪어보기 전에는 모른다. 겪고 나야 안다. 나의 직감을 믿고 선택했을 뿐이다. 오히려 선례들과 데이터를 믿고 이 길을 가지 않았더라면 더 큰 후회가 남았을 것이다. 카페를 시작하며 얻었던 행복감, 여유로움, 삶의 재미는 그 무엇과도 비교할 수 없다. 우리가 어떠한 선택을 하고, 후회를 하는 이 모든 과정은 그저 평범한 삶의 일부분이다. 선택을 하고, 후회를 하고, 포기를 하고, 새로운 길을 걷는 평범한 일상일 뿐이다. 지극히 정상이다.

제 4장

애틋하고 아련한 그 이름. 친구, 그리고 가족

1.

할머니가 문 앞에서 보낸
시간의 무게는
몇 킬로그램일까?

부모님은 귀어를 결심하고 고스란히 간직한 은퇴자금을 탈탈 털어 바닷가 근처로 이사를 했다. 아빠는 배 타러 가는 길이 가까워졌다며 싱글벙글 이삿짐을 옮겼다. 엄마는 집이 너무 산 중턱이라며 투덜대면서도, 집 앞에 조그마한 텃밭을 가꾸기 위해 매일 아침마다 벌떡 일어나 호미를 들었다. 그렇게 2주간의 시간이 지나고, 드디어 부모님으로부터 초대장이 날아왔다. "밥 한 끼 무러 오니라."

그래, 까짓 거 오늘은 카페 휴무일이다. 꺄!

무형광, 무색소, 데코 엠보싱, 천연펄프 3겹 두루마리 휴지를 들고 부모님 댁을 방문했다. "똑똑." 그런데 나를 맞아주는 건 엄마, 아빠가 아니라 할머니였다. 할머니도 엄마, 아빠의 집들이에 초대를 받았나 보다. 할머니는 얇은 피부 가죽이 겹겹이 주름진 얼굴로 "어서 오이라, 잘 살았냐"라며 내 손을 꼬옥 잡는다. 살이 없어 쪼글쪼글한 손등을 빤히 바라보다, 나도 손을 맞잡는다. "오랜만이라 더 반갑네요, 할머니."

엄마는 지글지글, 보글보글 요리를 하고 있었다. 아빠는 어디 갔나 물어보니 "장 볼 때 느네 아빠 버섯을 안 사온 거 있재, 버섯 사러 갔다." 바쁜 엄마 대신 할머니가 집을 소개해줬다. 그날 저녁 엄마, 아빠, 나, 그리고 할머니가 나란히 누워서 주거니 받거니 대화를 하다 스륵 잠이 들었다. 잠결에 내 옆에 누운 할머니가 자꾸 내 쪽으로 이불을 넘기는 걸 느꼈다.

다음날 엄마, 아빠는 주말에 먹을 식재료를 사러 마을로 내려

갔다. 할머니와 나는 집에 오도카니 있었다. 얼마간 있다 심심해졌다. "할머니 저랑 산책 나갈래요?" 할머니는 조금의 망설임도 없이 겉옷을 챙겨 들고 일어섰다. "그라까? 어데? 어데?" 당장 나갈 태세를 갖춘 할머니를 보고 조금 당황했다가, 이내 내가 무심했음을 깨닫는다. 그렇게 할머니랑 길을 거닐며 '곧 봄이 오겠구나' '쉬어가자' 따위의 말을 했다. 물론 할머니와의 산책길에는 말보다 침묵이 더 많았다. 하지만 그거 나름대로도 꽤 괜찮은 시간이었다.

짤막한 산책을 끝내고 집에 도착했지만 엄마 아빠는 아직 도착하지 않았다. 할머니는 띡띡 디지털 도어록 비밀번호를 눌렀다. 새삼 놀란 눈으로 할머니를 쳐다봤다. "여기 비밀번호 공삼일팔하고, 여기 여짝 밑에 요거슬 눌러" 마지막으로 우물 정자를 누르니 띠리릭 문이 열렸다. 할머니가 비밀번호를 너무 크게 말하지 않았나 주변을 둘러보다 집으로 들어간다. 엄마, 아빠가 없는 집에는 조용한 공기가 돌았다. 할머니는 피곤할 텐에 어서 쉬라며 나를 방으로 떠민다. 쫑알쫑알 종달새 같은 손녀가 아니라서 그게 죄송할 뿐이다.

할머니와 함께 점심을 먹고 나니, 이모가 할머니를 데리러 왔다. 할머니는 내 손에 꼬깃꼬깃한 지폐를 올려놓는다. "네가 어렸을 적에 할머니 집 달력에다가 니 생일날 선물 사달라고 동글뱅이를 쳐놨었재. 할머니가 깜빡하고 아무것도 못줬는데. 그게 자꾸 생각이 나드라고. 이걸로 가는 길에 휴게소 들러 맛난 거 사묵어.

알째?" 한사코 거절하는 내게, 마음이 쓰여 그런다며 기어코 돈을 쥐어주고 간다. 손에 주어진 만 원짜리 다섯 장을 바라본다. 할머니는 기억력도 좋네.

그 후로 엄마 아빠와 저녁을 먹고, 후식으로 딸기도 먹으며 시간을 보냈다. 그때 엄마는 깜빡했다며 서둘러 할머니에게 전화를 건다. "엄마! 집에 잘 들어갔어? 내가 전화한다는 걸 깜빡했네." 수화기 너머로 할머니가 우물쭈물 뭐라고 말하는 소리가 들린다. "엄마, 크게 말해봐, 뭐라고? 집이 아니라고?" 엄마는 할머니의 말을 듣더니 손을 부들부들 떤다. "엄마, 일. 칠. 일. 삼…. 일. 칠. 일. 삼. 눌렀어?" 수화기 너머로 띠리릭 하고 철컥하는 소리가 들린다. "엄마, 집에 보일러부터 떼. 몸부터 녹여야 해. 아직 씻지 말고 집에 보일러부터 돌리소. 응. 응. 방이 뜨끈뜨끈 해지면 씻고 오소. 응. 내가 다시 전화할게." 잠시 후 전화가 끊기고 엄마는 두 다리 사이로 고개를 푹 숙인다. 무슨 일이냐고 묻는다. 엄마는 아무 말 없이 오랫동안 어깨를 들썩일 뿐이다.

얼마간의 시간이 흐르고 엄마는 다시 할머니에게 전화를 걸었다. "응. 씻었소?" 할머니는 엄마에게 뭐라고 말을 한다. "엄마, 왜 일찍 전화를 안 했어, 응? 엄마, 엄마 탓 아니야. 우리가 나이 들어가고 있는 거야. 엄마, 아니라니까. 무슨 시설이야! 엄마, 괜찮아. 지금 엄마가 우리 집에 놀러 오면서 비밀번호를 다른 거를 외웠잖아. 그러면서 헷갈린 거야. 그럴 수 있는 거야. 나도 간혹 가다 그래. 나이 들면서 한 번쯤 당연하게 일어날 수 있는 일이야. 엄마,

괜찮아.” 엄마는 수없이 ‘엄마’를 외치며 할머니와 오랫동안 전화를 했다.

할머니는 이모 댁 근처 4층짜리 빌라에서 2층에 산다. 이모는 할머니를 집 앞까지 모셔다 드렸다. 말 그대로 집 앞까지. 비밀번호를 띡띡 누르는 할머니를 보고, 이모는 집으로 돌아갔다. 그 비밀번호가 잘못된 것은 추호도 모른 채. 할머니는 0318, 1317, 0317, 0713의 숫자를 눌러댔다. 공이 들어갔던 것 같기도 하고, 일이 있었던 것 같기도 하고. 몇 번이고 셀 수 없이 번호를 누르다가 할머니는 이내 무서워졌다. ‘내가 치매면 어떻게 하지. 내가 자식들에게 또 짐을 주면 어떻게 하지.’ 할머니는 두려워졌다. 봄이 오기 전 칼 같은 바람이 휘잉 무서운 소리를 내는 그 겨울 계절에, 할머니는 현관문 앞에서 주저앉았다. 생각해보면 기억이 날 거라고 스스로를 다독였다. 그런데 아무리 생각해봐도 비밀번호가 떠오르지 않았다. 할머니는 그렇게 네 시간 동안 집 앞에서 쪼그려 앉아있었다. 네 시간 동안 할머니는 무슨 생각을 했을까?

집 앞까지 할머니가 들어가는 걸 확인을 해야 하지 않았냐며 이모를 원망도 했다가, ‘이런 나를 그냥 시설에 보내라’는 할머니를 다그쳤다가, 같이 모시고 살지 못하면서 전화로만 잔소리를 하는 자기 자신이 너무나도 싫었던 엄마. 엄마는 엄마를 생각하며 그렇게 밤새 울었다. 나는 그런 엄마를 바라보며 과거와 현재, 그리고 미래도 오가며, 마음을 다잡아본다.

2.

비린내 나는 아빠

아빠는 군인이다. 아빠는 가난한 집안 사정에 군인이라는 직업을 선택했다. 공군으로 간 아빠는 전투기 정비 일을 했는데, 일이 고달프고 힘들었단다. 그 덕에 엄마도 덩달아 아빠 도시락을 싸 보내랴, 나와 동생을 혼자 키우랴 고생했다. 일주일에 한 번 쉴까말까 한 날이면 돈을 벌러 공사장에 노가다를 뛰러갔다. 아빠는 쉬지 않고 일한 그때의 경험이 무척이나 자랑스럽다고 말씀하신다.

카페를 차릴 즈음 아빠는 전역을 앞두고 있었다. 아빠는 35년을 군대에서 보냈다. 정들었던 직장과 관사에서 나가야 한다. 아빠는 평생 앉아있던 사무실과 집을 나가서 새로 자리를 잡아야 하는 걱정 많은 한 사람이었다. 그리고 아직 뭘 할지 몰라 고민하고 방황하고 있었다. 아빠는 고민 끝에 귀어(歸魚, 어업을 하러 귀촌하는 것)를 결정했다. 귀어를 위해서는 작은 배 한 척, 바다 인근의 집과 어업권이 필요하다. 온 가족의 만류에도 불구하고, 아빠는 끝까지 고집을 부린다. 나이 먹을수록 병원 근처에서 살아야 한다고들 하는데, 왜 외딴섬으로 간다고 하는지 도무지 모르겠다.

카페를 무기로 삼아 아빠를 붙잡기로 했다. 아빠는 '딸이 하는 일은 뭐든 도와줘야지'라며, 아침마다 청소를 해준다. 나보다 한 시간씩 일찍 와서 청소기도 돌리고, 바닥도 닦고, 유리창도 윤이 나게 닦는다. 그러곤 마지막으로 냉장고를 닦는다. 사실 냉장고를 보면 전날 장사가 어땠는지 짐작할 수 있다. 여느 때와 같이 음료들이 판매되지 않고 진열되어있다. 아빠는 흘깃 보고는 아무 말도 하지 않았다. 되레 횡설수설 한마디를 덧붙인다.

"사람들이 음료는 안 사고 커피를 많이 마시더라."

그렇지만 커피를 내리고 남은 원두 찌꺼기가 나오지 않았음을 아빠는 이미 안다. 아빠는 가벼운 미소를 띠며 "오늘도 힘내"라는 한마디만 할 뿐이었다. 그렇게 더 도와줄 거 없나 둘러본 후 아무도 없는 카페를 나가셨다. 한가한 카페로는 아빠를 붙잡을 수 없었다. 아빠에게 일거리도, 월급도 줄 수 없다.

다음날도 어김없이 아빠가 청소하러 카페에 왔다. 비가 눈이 되어 내리고 있었다. 아빠는 어김없이 한 시간 일찍 와서 쌓인 눈들을 쓸고 있었다. 본인의 머리와 어깨에는 눈이 한 아름 쌓였다. 오늘도 청소기를 돌리고, 바닥을 닦고, 유리창도 윤이 나게 닦는다. 어느새 아빠는 축축해졌다. 축축해진 머리와 옷에서는 물비린내가 난다. 나도 모르게 절로 인상이 찌푸려졌다. 그 비린내가 너무 싫다. 아빠가 바다로 나가는 걸 막을 수 없기에, 이제 아빠에게 바다의 짠 소금 내도 날 테다. 비린내가 너무도 싫어 미치겠다.

100세 인생이라는데 남은 40년을 어떻게 살아야 할지 막막하다.
내겐 돌아가신 아버지, 어머니가 남의 집 밭일을 하며 힘들게
벌어준 학비로 다닌 고등학교 졸업장이 전부다.
내가 가진 기술은 퇴보되었고, 세상이 내놓은 기술은 날로

발전하여 따라가기 버겁다.

눈은 갈수록 침침해지고 손은 무뎌진다.

경비일, 낚싯배 노동도 알아보지만 쉽지 않다.

뭔가를 새로이 시작하기에는 가진 돈도, 능력도, 건강도 모두 애매하다.

- 애매한 사람, 나는 아빠입니다

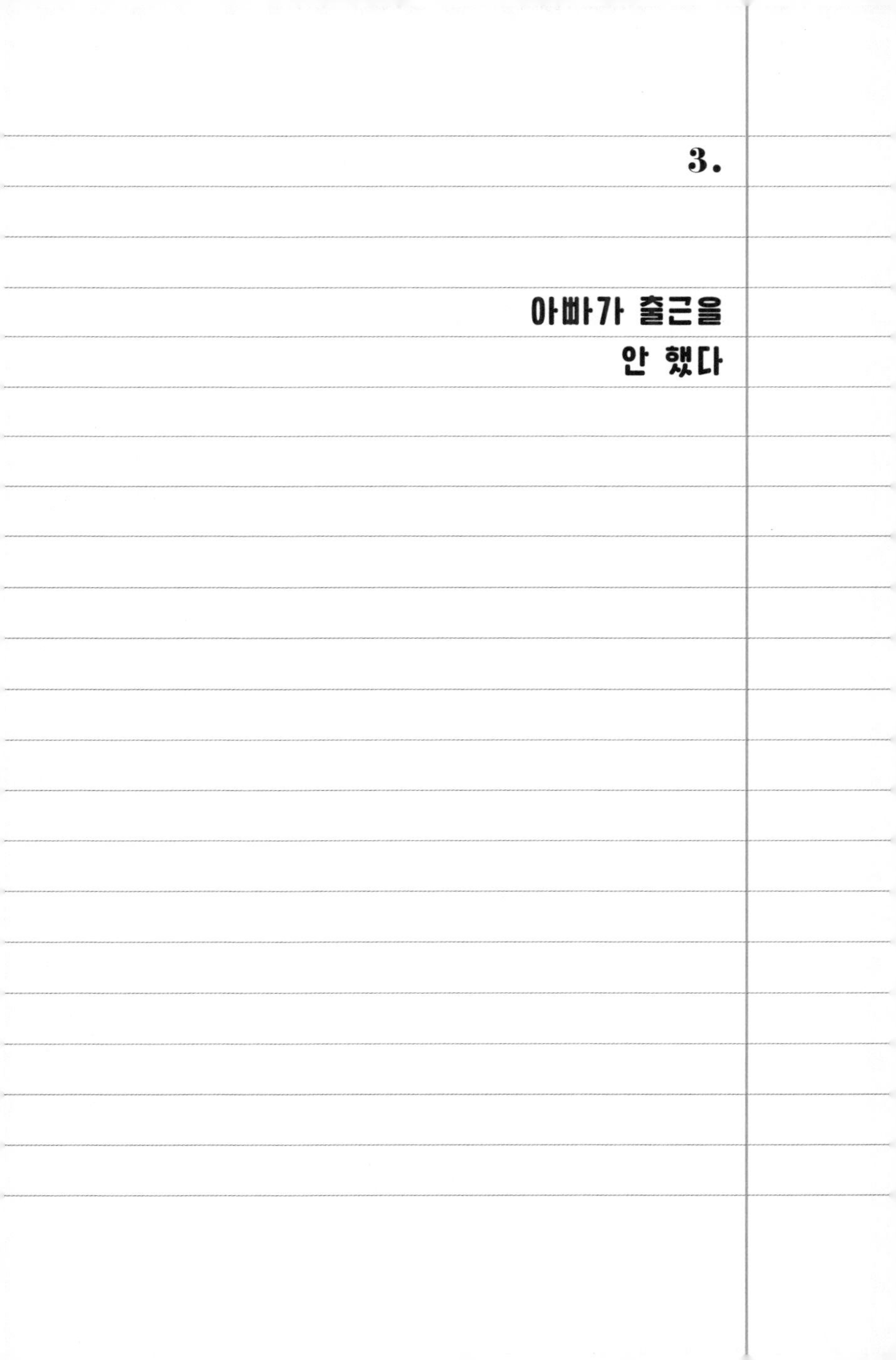

3.

아빠가 출근을
안 했다

오늘 아빠가 카페에 출근을 안 했다. 갑작스러운 통보였다. 처음 카페를 오픈하고부터 지금까지 매일같이 출근했던 아빠. 그런 아빠가 출근을 안 한다니! 너무 당황스러웠다. 카페 문을 열고 환기시키기, 테이블보를 털기, 바닥 청소기 돌리기, 밀대로 바닥 닦기, 유리창을 닦고 커튼을 치기, 음료 냉장고 닦기 등 카페 오픈을 위해 처음부터 끝까지 아빠의 손이 안 미치는 곳이 없다. 아빠 덕분에 출근을 30분씩 늦게 했던 나. 갑자기 30분 일찍 일어나려니 적응이 안 된다. 아빠가 했던 모든 일들을 혼자 하려니 막막하다.

"아빠, 어디 갔어요?!"

아빠의 정년퇴직이 6개월 앞으로 다가왔다. 아빠는 점점 초조해졌다. 퇴직 후 귀어를 결정했는데 온 가족이 반대를 하고 있는 바람에 아무것도 시작을 못했다. 어디에 정착할지도, 배를 사는 것이나, 집을 짓는 것도 결정하지 못했다. 끝까지 귀어를 하겠다고 고집을 부리는 아빠에게 우리는 다섯 가지 과제를 주었다.

첫째, 배를 사기 전 다른 사람의 배를 얻어 타면서 낚시를 해보기

둘째, 텃세를 극복하기 위한 방안을 마련해오기

셋째, 배 친구들 만들기

넷째, 엄마가 지정하는 사람 30명을 만나보기

다섯째, 무슨 돈으로 귀어를 할 건지 계획서를 제출하는 것

아빠의 귀어를 진심으로 막기 위한, 아빠가 이만 포기하길 바라는 마음의 과제였다. 아빠는 결국 우리가 낸 다섯 가지 과제를 전부 완수하지 못했다. 먼 친척은 아빠를 비난했다. 군대에서 35년 있었으면 연금 받고 살면 되는데, 왜 자꾸 바다로 오겠다고 하냐고. 우리도 아빠를 뜯어말렸다. 그동안 고생했으면 이제 좀 쉬고, 여행도 다니고, 운동도 하고, 하고 싶은 거 하고 살라고.

그런데도 아빠는 절대 그렇지 않다고 말한다. 집에서 텔레비전만 보고 아무 일도 안 하고 사는 삶은 삶이 아니라고 말한다. 일하는 삶만 살아와서 일하는 게 더 행복하다고 말한다.

아빠는 자식들에게 아무것도 물려줄 게 없어 속상하다. 그동안 정말 뒤도 안 돌아보고 숨 가쁘게 열심히 산 것 같은데 남은 게 없다. 아이들에게 물려줄 땅도, 집도, 재산도 없다. 그래서 아빠는 더 귀어를 고집한다. 바닷가에서 터전 잡고 살면서 자식들 손 벌리지 말자고 다짐한다. 나중에 시간이 흐른 후, 손녀와 손자들을 데리고 뻘에 게를 잡으러 가는 상상을 해본다. 그것밖에 줄 게 없어서, 그것만이라도 물려주고 싶어서 더 고집을 부려본다.

생각해보면 아빠도 분명 몇 번이나 군대를 그만두고 뛰쳐나오고 싶었을 테다. 어떤 곳보다 폐쇄적인 군대라는 조직이 답답했을 테다. 하지만 집에 있는 가족들을 생각해서 참았겠지. 아빠도 '아빠'라는, '가장'이라는 타이틀을 벗어던지면 그저 한 사람일 뿐일 텐데…. 내가 하고 싶은 게 많은 사람인 것처럼 아빠도 본인을 위해 하고 싶은 게 있을 터였다.

우리는 아빠를 너무 사랑해서 귀어를 반대했다.

아빠가 걱정돼서, 아빠가 멀리 가는 게 싫어서 한사코 반대했다. 하지만 아빠라는 한 사람을 존중하고 사랑하기 때문에 더 이상의 반대가 어려웠다. 군대라는 조직을 나와서 본인만의 삶을 꾸려나가고 싶어 하는 사람. 그 한 사람을 믿고 응원해주는 것이 이제 우리가 할 수 있는 전부였다. 나는 사고만 치는 딸이라 그동안 모은 돈을 카페에 쏟아 넣었다. 동생은 힘들게 모은 육백만 원을 엄마랑 나 몰래 아빠에게 주었다. 아빠는 쭈뼛거리며 돈을 받고는, 꼭 갚겠다고 말을 건넨다. 잘난 자식들이 아니라서. 가지고 있는 돈도 능력도 다 애매해서, 효심마저도 애매하다. 그 사실이 뼈저리게 가슴 아프다.

오늘도 아빠는 카페에 출근을 안 했다. 이제 아빠가 했던 일을 스스로 하기 시작한다. 카페 문을 열고 환기시키기, 테이블보 털기, 바닥 청소기 돌리기, 밀대로 바닥 닦기, 유리창을 닦고 커튼을 치기, 음료 냉장고 닦기 등. 둘이 하던 일을 혼자서 하다 보니 청소하는 데만 한 시간이 훌쩍 지나간다.

이제는 2시간씩 일찍 일어나서 출근을 한다. 청소를 마무리하고 청소도구를 정리한다. 그동안 아빠가 어디선가 하나둘 가져온 청소도구들이 한가득이다. 유리창을 닦는다고 모아놓은 신문지, 수건을 반으로 잘라 만들어둔 걸레들, 누가 갖다 버린 걸 주워왔는지 상처가 가득한 청소기. 청소도구 하나로 아빠의 성격이 다 보여서 웃음만 나온다. 아빠와 카페 청소를 하며 도란도란 이야기를 하던 찰나의 순간이 그립다.

4.

아빠가 미라가 됐다

아빠는 퇴직 후 남은 인생을 어떻게 살아갈지에 대해서 그 누구보다 치열하게 고민했다. 가족과의 반대에도 불구하고 아빠는 어업의 길을 선택했고, 초보 어업자의 태를 벗기 위해 하루하루 고군분투하고 있다. 배 기름 삯도 안 나올 정도로 그물이 텅 빈 날은 새벽에 돌아와 다음날 점심까지 내내 잠을 청했고, 그물이 묵직한 날은 새벽녘에 돌아와서 피곤할 텐데도 오전 일찍 일어나 그물을 정비한다. 아빠 말로는 경매장에 잡은 낙지를 내다 팔고 그 돈을 받으면 새벽 내내 찬바람 맞으며 그물을 당기던 그 피로가 모두 잊힌다고 한다. '아직 나는 돈을 벌 수 있어' '아직 나는 일할 수 있어' 그 마음 하나가 삶의 안정감을 가져다준다고 한다. 그런 아빠를 보며 그저 하루하루 무탈하길, 그물이 가볍든 무겁든 아빠의 삶의 무게는 덜어지길 바랄 뿐이다.

오늘 엄마는 잠시 카페 일을 도와주러 왔다. 계절이 추워지는 만큼 대추차나 생강청을 찾는 손님이 부쩍 늘었다. 엄마는 내 도움 요청에 이것저것 만들어주겠다고 두 손 걷고 오신 거다. 마침 재난지원금도 받은 터라 엄마가 두 손 걷고 도와주는 것에 대해 어느 정도 돌려드릴 것이 있어 마음이 참 가벼웠다. 엄마는 하루 종일 대추랑 생강을 다지고, 청을 담갔다. 그리고 일을 마치고 돌아갈 채비를 했다. 그런 엄마의 품에 준비한 봉투를 내밀었다. 한사코 필요 없다고, 이런 거 받으려고 도와주러 온 줄 아냐고, 너 조금이라도 쉬라고 온 거라며 몸싸움을 벌일 정도로 봉투를 거절하는 엄마에게 교통비나 하라며 품에 안겼을 때, 진심으로 행복했다. 봉투를 이리저리 손사래 치는 이 정겨운 몸싸움이, 정말이지 오랜만이라 즐거웠다.

엄마는 출발하기 전 아빠에게 전화를 했다. "여보, 오늘은 낚시 나가나? 나 지금 출발할 건데" 그런데, 이상하게 아빠의 목소리가 우물쭈물 좋지 않다. 엄마는 아빠를 알았다. 아빠는 항상 안 좋은 일은 숨기곤 했다. 가족과 아픔을 나누기보다 혼자 감내하려 했다. 이번에도 마찬가지였다. 엄마는 아빠에게 무슨 일인지 말하라며 다그쳤다. 아빠는 끝끝내 말하지 않다가 이내 실토했다. "사실, 새벽에 낙지잡이 갔다가 사고가 났어. 얼굴이 조금 긁혀서 그냥 밴드 좀 붙이고 있어" 엄마는 아빠를 아주 잘 알기 때문에 물었다. "당장, 사진 찍어서 보내."

얼마간의 시간이 흘렀을까. 아빠가 보내온 사진에는 온통 붕대로 붕붕 감긴 아빠 얼굴이 있었다. 엄마는 아빠의 사진을 보며 울컥 쏟아지려는 눈물을 참아냈다. 그리고 아무 말 없이 아빠에게로 달려가 화를 쏟아냈다. 눈에 보이는 아빠 상태가 너무 안타까워서, 놀다가 다친 것도 아니고 일하다가 다친 거라 그게 너무 안쓰러워서, 혼자 그 아픔을 감내하려는 아빠가 너무너무 미워서.

아빠는 그런 마음을 알기에 그저 우리를 토닥일 뿐이다. "낙지가 금방 철이 끝나니까 욕심내서 더 잡고 싶은 마음에 야밤에 무리하게 배 운전을 했어. 그러다 그만 김 양식장 와이어에 얼굴이 걸렸지 뭐야. 자네 말처럼 욕심 좀 내려놓을걸. 그게 안 돼서." 아빠는 예전부터 그랬다. 어렵게 살아왔던 시절이 자꾸만 떠올라

몸을 멈출 수 없었다. 무슨 일이라도 하고 몸을 움직여야 했다. 자신을 혹사시켜 돈을 벌어야 했다. 그게 아빠를 이끌어온 원동력이 됐지만, 지금은 아빠를 쉬지도, 놀지도 못하게 하는 족쇄가 되었다. 엄마와 나는 그런 아빠를 보고 그저 안아주는 것밖에 해줄 수 없다. 그것밖에 해줄 수 없다는 사실이 너무 원망스럽다.

김 양식장 와이어에 얼굴을 부딪혀 코와 볼 쪽 살점이 떨어져 나가고 찢어졌다. 결국 아빠는 며칠간 병원에 입원해 꿰매는 수술을 받으며 요양생활을 했다. 엄마와 나는 아빠의 옆에서 재잘재잘 못다 한 이야기를 나눴다. 그러다 이내 궁금해졌다. "그래서, 아빠 그렇게 얻은 훈장으로 낙지 몇 마리나 잡았어?" 엄마는 뭐 그런 걸 묻느냐는 표정으로 나를 쳐다봤지만, 아빠는 정말이지 소년같이 해맑은 미소로 대답했다 "5접!" 신이 나서 그때의 상황을 이야기하는 아빠를 오래도록, 오래도록 바라봐본다.

5.

아빠의 배가 떠내려갔다

"딸, 오늘 카페 문 열면 청소해주러 갈까?"

너무나도 반가운 아빠의 인사는 이렇게 시작됐다. 아빠는 삼십여 년의 월급쟁이를 끝내고, 귀어를 한다며 섬으로 들어갔다. 퇴사 후 카페를 창업했을 때 아빠도 퇴직을 앞두고 있었다. 나는 아빠가 귀어나 귀농을 하지 않을 거라 생각했다. 카페 장사가 어마무시하게 잘돼서, 아빠를 정식으로 고용하고 월급을 줄 수 있을 거라는 대단한 착각을 했다.

아빠는 한산한 카페의 청소를 도와주다가 결국 귀어를 선택했고, 계절에 맞게 주꾸미나 낙지 따위를 잡아서 보내주곤 했다. 아빠의 손등은 생선의 비늘처럼 거친 물결이 생겼다. 누가 귀어한 거 아니랄까 봐 얼굴은 새까맣게 탔다. 기미며 잡티며 점까지 수두룩해졌다. 까무잡잡한 아빠가 무엇을 입든 촌스러워 보일 정도였다.

"아빠, 한발 늦었네. 오늘 청소 이미 끝났거든? 커피나 한잔 할까?"

아빠는 지금이 주꾸미 철이라느니, 네가 좋아하는 바지락이며 가리비를 엄청 저렴하게 살 수 있다느니 이런저런 이야기를 늘어놓는다. "나는 생선은 고등어랑 갈치가 제일 맛있더라"라고 말하면, 아빠는 나를 째려본다. 아빠가 잡은 생선들도 맛있다고 해주라는 듯. 사실 나는 날생선을 못 먹는다. 미끄덩거리는 식감 때문일까, 익히지 않은 음식이라는 고정관념 때문일까. 초밥도 못 먹는다. 아빠는 이런 나를 두고 "너 내 딸 맞냐?"라는 말을 자주 하곤 하지만. 그래서인지 아빠는 주꾸미나 낙지를 주로 잡아왔다. 이상하게 오징어며 문어처럼 다리 많이 달린 것들은 맛있다.

“아빠, 힘든 일은 없어? 텃새라던가?”

평상시 아빠와의 통화에서 고단함이 느껴졌는데, 오늘 마주하니 이마에 깊게 파인 주름에서 삶의 쓴맛이 느껴진다. 그런데 아빠는 본인이 선택한 길이므로 후회가 없다는 듯, 모든 것에 만족한다는 듯, 내가 할 일이 있다는 것에 감사한다는 듯 웃기만 할 뿐이다. 두런두런 이야기를 하다 보니 어느새 커피 얼음이 다 녹아 내려서 테이블이 흥건해졌다. 아빠와의 대화는 시간 가는 줄 모르도록 즐겁다. 이 순간이 행복하다.

♬사나이 우는 마음을 그 누가 아랴. 바람에 흔들리는 갈대의 순정. 사랑엔 약한 것이 사나이 마음 울지를 마라. 아~ 아아아~ 갈대의 순정. 말없이 가신 여인이 눈물을 아랴♬

아빠의 전화다. 요란하다 요란해. 눈치를 주자, 아빠는 자신의 취향을 들킨 게 민망한 듯 재빨리 전화를 받았다. 기분 좋게 전화를 받던 표정이 점점 일그러진다. 목소리도 심각해진다.

“배…. 배가 떠내려갔다고요?”

같이 듣던 내 두 눈도 동그래진다. 아빠는 지금 바로 가겠다는 말을 마지막으로 전화를 끊었다. 무슨 일이냐고 묻자, 아빠는 잠시 말을 잃다가 스스로 정리하려는 듯 전해준다.

"정박해둔 배가 떠내려가서, 배에 등록된 번호 보고 연락을 주셨대. 다행히 큰 배를 가진 분이 아빠 배를 끌고 오고 있는 중이래. 아빠 지금 바로 가봐야겠다." 아빠는 허둥지둥, 바지 뒤춤에서 차 키를 꺼내고 일어선다. 이미 걱정이 한 아름인 아빠 앞에서 "밥이라도 먹고 가라"는 말은 통하질 않는다. 해줄 수 있는 거라곤 따뜻한 아메리카노 한 잔과 빵 한 조각뿐이다. 음료를 건네며 닿은 아빠의 손은 차갑고도 낯설다. 제대로 몸을 녹일 새도 없이 떠나는 아빠의 손은 생채기가 가득이다. 항상 내 머리를 부드럽게 어루만져 주었던 아빠의 손은 이토록이나 모진 풍파를 맞았다. 차마 아빠의 손을 맞잡을 수 없다. 아빠 손을 볼 용기가 나질 않는다.

저녁 늦게나 되어서 아빠한테 연락이 왔다. 다른 섬으로 떠내려간 배를 찾았단다. 섬으로 가는 건 가더라도, 올 때는 배를 타고 와야 하기 때문에 어찌어찌 대중교통을 구하다 안 돼서, 주변 지인에게 부탁해 트럭을 타고 갔단다. 지인은 트럭을 타고 되돌아왔고, 아빠는 다시 그 찬 바닷바람을 맞으며 돌아왔단다. 배를 수리하고, 미끼를 사는 데 돈이 많이 들어서 가장 저렴한 앵커를 사다가 걸어놨는데 바닷물에 녹슬어 그만 끊어져버렸단다. 이참에 좋은 걸로 바꿨다고, 너도 놀랐겠다고, 이제 한숨 놓으라는 아빠에게 아무 말도 하지 못했다. 가장 많이 걱정하고 놀랐을 건 본인이면서.

문득 계좌 잔고를 살펴본다. 농협통장에 7,890원, 국민은행에 93,404원. 뭐든 애매한 나라서, 가지고 있는 돈마저도 애매한가.

있는 돈 없는 돈 아끼지 않고 나에게 투자한 아빠한테 미안하다. 어찌어찌 끌어 모아 10만 원을 아빠에게 보냈다. 어떻게든 내가 보낸 돈은 받지 않으려는 아빠에게, 한사코 거절하는 아빠에게 이렇게 보내본다.

'주꾸미값'

6.

한 사람을 위한 카페를 엽니다

고등학교 3년, 대학교 4년, 그리고 그 이후로도 5년. 내 베스트 프렌드, '쪼양'과 함께한 시간들이다. 같은 고등학교를 졸업하고, 같은 대학교, 같은 계열학과, 같은 동아리 활동까지. 우리의 우정은 탄탄하다 못해 정말 끈적끈적했다.

고등학교 때는 끊임없는 야자와 모의고사에 대한 스트레스를 토스트 한 쪽으로 달랬고, 대학생 때는 취준생이 겪는 무수한 서류 탈락과 '부모님께 가지는 죄스런 마음'도 함께 나눴다. 직장인이 되어서는 사회생활의 고단함을 각자의 집에서 혼맥(혼자 집에서 맥주)으로 해결하기도 했다. 같이 보낸 시간이 길어서일까? 어느새 우리는 서로의 전 남친, 전전 남친부터 가족에 대해서까지 속속들이 알게 됐다.

그뿐이랴? 한 달에 얼마를 벌고, 적금은 얼마를 넣고, 돈은 얼마나 모았는지까지 알게 됐다. 이러한 것들은 서로에게 이유모를 안정감을 주었다. 내가 '쪼양'에게는 첫손에 꼽을 친구라는 의기양양함까지 주었다. 그녀 앞에서는 나를 다 내려놓고, 어떠한 가면도 쓰지 않은 채 이야기를 나눌 수 있다는 사실이 무엇보다 편안했다.

오늘은 내 끈적한 친구, 쪼양이 카페에 방문했다. 부산에서 일하고 있는 쪼양은 최근 코로나19로 회사 상황이 여의치 않자 연차 소진 및 자택 근무의 이유로 휴가를 받아왔다. 달달한 음료를 좋아하는 쪼양에게 밀크티를 내왔다. "네가 만들어서 맛없을 줄 알았는데, 조오오올라 맛있네." 퍽 쪼양다운 말이다. 나는 가볍게 응수한다. "입 다물고 마셔라."

쪼양은 집안의 막둥이로 태어나 보수적인 부모님 밑에서 자랐다. 위로 있는 오빠 한 명은 '아들'이라는 이유로 집에서 상전인지라, 쪼양은 중학생 때부터 설, 추석, 제삿날이 되면 전을 부쳤다. 학교에서 항상 해맑고, 에너지가 넘치다 못해 폭발하는 쪼양은 설, 추석, 제삿날 다음날은 울면서 학교를 왔다. 나이를 먹어서 그런 걸까, 어느 정도 단념해서 그런 걸까. 이제 쪼양은 그런 이유로 울지 않는다. 화만 낼 뿐.

대학교를 졸업하고 부산으로 취직한 쪼양은 일이 바빠 고향으로 잘 내려오지 못했는데, 힘들게 번 돈으로 홍삼진액, 과일, 영양제 등등을 사서 집으로 부치곤 했다. 코로나19로 오랜만에 집에 온 쪼양은 홍삼진액을 오빠가 먹고 있는 모습을 보고 폭발했다. 쪼양은 그 길로 남은 홍삼진액 스틱을 주머니고 가방에 쑤셔 넣고선, 집을 뛰쳐나와 카페로 온 것이다.

지금 같은 시대에 아직도 '남자'가 우선인 나이 든 부모님이 밉고, 산적이며, 동그랑땡이며 온갖 전을 부치느라 기름으로 얼룩진 세월이 한탄스럽고, 거기에 저항해보겠다고 오빠랑 우락부락 싸워온 지난날이 아쉽다. 그럼에도 불구하고 모난 곳 없이, 그 누구보다 매력적이고 사랑스러운 사람이 된 쪼양. 쾌활하고 자상한 성격 때문에 주변에 사람들이 끊이지 않는 쪼양.

직장생활로도 바쁠 텐데 '본인'을 찾기 위해 기타며 복싱이며 등산이며 부단히 열심히 살고 있는 쪼양. 내가 쪼양의 친구인 게,

그것도 절친한 사람인 게 너무 자랑스러운 순간이다. 역경의 순간에도 침체되지 않고, 자기만의 길을 찾고, 자기만의 삶을 살고 있는 그녀가 새삼 멋지다. 내 앞에서 홍삼진액 스틱을 쭉쭉 짜 먹는 그녀를 위해, 오늘은 '오직 한 사람을 위한 카페'를 운영해본다.

7.

후회되는 과거는
내 정체성입니다

오늘은 카페 문을 닫았다. 서울, 정확히는 노량진에서 내 친구 '영이'가 왔기 때문이다. 내 친구 영이는 대학 시절 내내 공부에만 파묻혀 살았다. 학점도 4.5점 만점에 가깝게 받았으며, 과제며 시험이며 바쁜 와중에 교직 이수까지 했다. '선생님'을 꿈으로 정말, 그 누구보다도 열심히 달렸다. 그런데 이상하다. 영이는 벌써 임용을 6년째 준비하고 있다. 그토록 친했던 친구지만 임용 준비 기간이 3년이 넘어가자 연락이 두절됐다. 친구에 대한 염려와 걱정, 그리고 섣불리 연락하기 저어되는 마음 때문에 결국 연락이 끊겼다. 그저 '좋은 소식 들리면 연락 주겠지' '무소식이 희소식이겠지' 라고 치부했다. 그로부터 3년이 더 지나서야 영이로부터 연락을 받았다. "내일 시간 돼?"

영이와 점심식사를 하기로 했다. 장소는 무한리필 돼지갈비집. 내가 먼저 도착하고 잠시 후 영이가 도착했다. 우리는 웃으며 서로의 안부를 물었다. 돼지갈비를 구워 먹는 두 시간여 동안, 우리는 단 한순간도 '임용'이라는 단어를 뱉지 않았다. 그 단어를 뱉으면 지금의 이 순간이 산산조각이라도 날 듯 위태롭고 조심스러웠다. 식사를 마치고 헤어지기 아쉬운지 우물쭈물하는 영이를 바라보다, 카페로 데려온다. 문 쪽에는 커튼을 치고, 'closed' 팻말을 내건다. 오늘은 영이를 위한 카페를 오픈하는 날이다.

"나 정말 열심히 살았거든. 정말 열심히 살았는데, 왜 자꾸만 인생의 낙오자가 된 기분이 들까? 옆도, 뒤도 안 돌아보고 너무 앞만 보고 달린 걸까? 공부 말고는 할 줄 아는 게 없어. 그 흔한 컴

퓨터 자격증 하나 없어. 흔해빠진 대외활동이며, 워킹홀리데이고 뭐고 그런 경험이 하나도 없어. 나 정말 공부만 바라보고 살았는데, 잘못 살아온 걸까? 앞으로의 삶은 무엇으로 살아갈까?"

지금까지의 인생이 부정당했다는 듯 눈으로 울부짖는 친구를 바라보며 아무 말도 하지 못했다. "괜찮아, 너는 지금까지 잘 해왔어. 다음 임용이 있잖아!"라는 흔해빠진 위로 하나 건네지 못했다. 과거를 끊임없이 후회하고, 인생을 송두리째 부정하며, 불안한 미래에 대한 일말의 기대감도 없는 저 친구. 나 또한 저 친구와 다를 바가 없음을 안다. 나 또한 내세울만한 특장점도, 이력도, 경력도 없다.

브런치에 올라오는 작가들의 프로필을 보다가 놀란 적이 많다. 여러 권의 저서를 저술하고, 출강을 나가고 그 와중에 본연의 일에는 충실한 수많은 작가들. 아, 정말 많은 사람들이 열심히 살고 있구나. 나는 지난날 뭘 하며 살았지. 후회를 일삼았다. 브런치가 꼴도 보기 싫었다. 비어있는 내 프로필의 이력이 나를 다그치는 것만 같다. 그렇게 나는 브런치를 접었다.

그렇게 일 년 정도가 지나서야 내가 쓴 글들을 다시 마주하게 됐다. 퇴사 후 행복감, 창업에 대한 불안감, 카페에서의 설렘, 그 모든 감정을 느끼고 있는 순간들이 담겨 있었다. 과거는 후회된다. 하지만 과거는 나의 인생을 구성하고 있는 부분이다. 지금까지 수많은 감정을 느끼며 '나'를 만들어온 순간들이다. 과거들은 곧 나의 정체성이다. 그걸 부정한다는 건 너무 슬픈 일이다.

내 친구 영이에게 냅킨과 함께 달달한 밀크티를 대접한다. 시험공부를 하다가 뛰쳐나가서 밀크티를 사마시던 지난날, 밀크티에 쫀득한 펄을 추가해 먹었을 때 '세상에 이렇게 맛있는 음료가 있었냐'며 놀랐던 지난날, 지난 과거 속 행복했던 순간을 되새겨보길 바라며 밀크티 한 잔과 투박한 말을 툭 건네본다.

"생각보다 살아가는 게 만만찮은 건 우리네만의 잘못은 아닐 거야."

8.

엄마는 카페에
때수건을 갖다 팔라고
하셨어

퇴사 후 카페를 시작한다고 했을 때 엄마는 나보다 더 바빴다. 시장에서 질금이며 생강이며 온갖 재료를 사다가 식혜, 생강차, 꽃차를 만들어대기 시작했다. 그럴 때면 나는 엄마에게 벌컥 화부터 냈다. "내 카페 콘셉트하고는 안 맞는다고!" 엄마는 딸이 저렇게 소리치는 게 한두 번이 아님을 알고 있기에 가볍게 무시하고 원하는 걸 신나게 만들었다. 결국 카페를 오픈하고 엄마가 만든 식혜, 생강차, 대추차, 꽃차를 메뉴에 넣었는데 그 달의 인기 메뉴가 되었다. 엄마는 그것 보라는 듯이 웃었다. 이제 카페에는 전통차를 위한 앤티크 찻잔이 여러 개 구비돼 있다.

그 후로도 엄마는 여러 번 나를 들들 볶았다. "이번엔 엄마가 초콜릿을 만들어봤어." 과일을 사다가 세척해서 썰고, 일일이 널어 말리고, 말린 과일칩들을 녹인 초콜릿 위에 올리고. 하나하나 다 수작업이다. "엄마, 이건 인건비도 안 나오겠다. 뭐 하러 이런 걸 만들어?" 엄마는 듣는 척 마는 척하며 과일 초콜릿 20세트를 만들었다. 곱게 포장된 초콜릿을 뜯어 내 입에 넣는다. "엄마, 이건 단가도 안 나와. 딸기, 오렌지, 자몽, 블루베리에 초콜릿 칩에. 이걸 하나에 얼마에 팔라고? 사람들이 비싸서 안 사간다고" 엄마는 기어코 카페에 와서 초콜릿들을 쇼케이스에 욱여넣고 간다.

초콜릿 다음은 때수건이었다. 엄마는 오래 전 아빠가 사둔 재봉틀을 꺼내어 새벽 내내 드르륵 때수건을 만들었다. 어린아이들도 사용할 수 있는 인견 때수건이라며, 밤새 만든 50장의 때수건을 보여준다. 한숨부터 쉬었다. "엄마, 카페에 이런 걸 어떻게 내다 팔아? 못 만들었다는 게 아니라, 카페가 너무 잡화상점 같잖아." 엄마는 제발 가져가서 하나라도 팔아보라고 한다. 결국 엄마의 성화에 못 이겨 '알겠다'라고 대답한 뒤, 때수건 50장을 모조리 집에 들고 왔다. 카페가 아닌 집으로. 아무리 생각해도 카페에 못 내다 팔겠다. 결국 50장 중 한 장은 그날 밤 내 팔이며 다리의 때를 미는 때수건이 되었다. 그나저나 정말 잘 밀린다.

그 뒤로 엄마는 '식혜는 몇 잔이나 팔았니' '초콜릿은 안 부족하니' '때수건을 더 만들까?' 하고 연락이 왔다. 사실 카페 문도 여러 날 닫았던 터라 음료는 버린 게 더 많았고, 초콜릿은 모조리 내 뱃속으로 들어갔다. 때수건? 때수건 49장은 우리 집구석에 쌓여있다. 당최 엄마가 왜 이렇게까지 열심인지 모르겠다.

오늘도 엄마는 시장에 나가 원단을 떼 왔다. 꽃무늬, 줄무늬, 땡땡이 여러 원단이 집에 쌓여있다. 이번엔 뭘 만들려고 저러시나 지켜본다. 엄마는 며칠 뒤 나를 불러 "집에 짐이 많으니, 좀 들고 가렴" 하신다. 뭔고 하니 마스크다. 천 마스크. 그것도 무려 소형, 대형으로 100장씩이나. "엄마, 설마…." 엄마는 나를 흘겨본 뒤 말한다. "그래 가시나야. 이것 좀 갖다 너네 카페에 팔아봐." 난 한숨을 쉬고 말한다. "엄마, 인건비도 안 나오겠어." 엄마는 그 말에 "인건비가 제일 싸"라고 대답한다.

몇 날 며칠을 밤을 새운 건지 엄마 눈 밑이 퀭해져 있다. 하루 내내 원단을 자르고, 미싱을 박아내느라 손은 까칠해져 있다. 지난번 만들어준 때수건이 그대로 집에 쌓여있는 게 생각난다. 도무지 참을 수 없어서 말이 곱게 나가지 않는다. “아니! 왜 이렇게 수고스러운 일을 해? 이걸 카페에다 어떻게 내다 팔아? 사람들이 이걸 왜 사가!” 문을 쾅 닫고 집을 뛰쳐나간다. 당황하는 엄마를 못 본 척, 나를 잡으려는 그 까칠한 손을 내팽개치고 뛰쳐나간다.

뛰쳐나가 집 근처를 배회한다. 날은 이다지도 밝은데, 내 마음에만 어둠이 왔다. 날은 이렇게도 따스한데, 내 말에는 겨울이 왔다. 잠시 후 아빠가 저 멀리 내려오는 게 보인다. 잠시 걷자는 아빠에게 아무런 대꾸도 하지 않지만, 아빠는 묵묵히 내 옆을 걷는다.

“너네 엄마, 그거 며칠 내내 밤새서 만들었어. 너도 카페에서 하루 종일 일하고, 아빠도 바다에 나가고, 엄마가 집에 있으면서 마음이 좌불안석인가 봐. 무언가 해서 돈을 벌고 싶은데, 엄마한테 일 시키는 곳도 없고, 엄마가 할 만한 일자리도 없고. 엄마는 지금 할 수 있는 최선을 다하는 거야. 엄마가 살기 위해 애쓰는 거야. 엄마의 마음이 살려고. 살아보려고.”

처음 엄마가 만든 식혜, 생강차와 대추차를 카페에서 팔았을 때 엄마는 그 누구보다 행복해했다. 재료값을 주겠다고 해도 “내가 그 코 묻은 돈 받아서 뭐하겠니”라고 말하며 하루 종일 싱글벙글했다. 자신의 이름을 버린 채, ‘엄마’라는 새로운 이름으로, ‘주부’라는 새로운 직업으로 35년 이상을 살았던 엄마. 아무것도 할 줄 모르는 ‘아줌마’였는데, 생애 처음으로 직접 만든 음료들이 판매되는 순간 기뻤으리라. 무엇보다도 사랑하는 딸에게 조금이나마 경제적으로 도움을 줄 수 있다는 사실이 벅찼으리라. 할 줄 아는 거라곤 요리와 바느질인데, 이걸로 사랑하는 가족에게 보탬이 될 수 있다는 사실이 엄마에겐 무척 행복했으리라 다시 한 번 되새겼다.

때수건이 정말 잘 밀리긴 잘 밀리네...

카페 마감했습니다

나는 인생을 달리기 경주처럼 살아왔다. 그리고 그 경주에서 항상 애매하게 중간만을 해왔다. 눈앞에서 달리고 있는 사람들을 보면 초조했다. 하루라도, 아니 한시라도 빨리 따라잡고 싶어서 불안해했다. 열심히 살아온 만큼 시간이 지나면 뭐라도 되어있을 줄 알았는데, 여전히 제자리걸음이었다.

대학교를 졸업하고 취업을 했을 때는 '안정권에 들어왔으니 조금은 쉬어도 되겠지'라고 생각했다. 하지만 앞을 보니 갈 길이 멀다. 돈을 벌고, 집을 사고, 결혼을 하고, 안정적인 가족을 만들고, 아이들을 키우고, 노후 준비를 하고, 물려줄 재산을 만들고. 왜 이렇게 끊임없이 할 게 있을까? 나는 대학원에 들어가고, 이것저것 되지도 않은 시답잖은 공부들을 끌어안았다. 박사학위와 온갖 자격증, 시험 점수들이 이 경주에서 롤러스케이트가 되어줄 줄 알았다. 하지만 더 열심히 달려 봐도 난 항상 애매하게 중간이었다. 나는 완전히 지쳐버렸다. 혹독하게 살아온 나 자신을 뒤돌아보니, 진정한 내가 없었다. 온갖 모순덩어리에 가식적이고 포악해진 나만 남아있었다.

나는 이 경주에서 벗어나 '여유로움'을 갈망하게 되었다. 그래서 '여유로움'이라는 하나의 단어만 믿고 카페를 오픈했다. 그러나 카페는 또 하나의 경주트랙일 뿐이었다. 우후죽순 생기는 카페들과의 경쟁에 밀리지 않기 위해 새로운 메뉴를 개발하고, 인테리어에 더 투자를 하고, 손님 유치를 위한 셀프마케팅을 시작한다. 더 큰 카페, 더 예쁜 카페가 생길수록 나는 뒤쳐지는 카페가 되어있다.

욕심을 버리고 카페에 얽매이지 말자 다짐해본다. 하지만 어느새 카페에 내 생계가 걸려있다. 이미 나는 경기장에 있었으며, 경기를 시작하는 휘슬은 울렸다. 내 앞에서 저만치 달리고 있는 주자들, 나를 빠르게 치고 나가는 후발주자들 사이에서 죽어라 달린다. 카페라는 여유로운 공간 속에 있지만, 여전히 나는 눈앞에 달리고 있는 경쟁자들을 보며 초조하고 불안하다. 뒤에서 따라붙는 새로운 경쟁자들에게 밀릴까 봐 두렵기까지 하다.

새삼스럽게 '애매함'에 대해서 다시 생각하게 된다. 이런 시점에서는 애매한 게 꼭 나쁜 것만은 아닌 것 같다. 때로는 그 '애매함'이 모든 걸 포용해주는 것만 같다. 이것도 좋아하고, 저것도 좋아하는 애매한 취향은 많은 사람의 공감을 얻을 수 있었다. 이런 애매한 취향은 더 많은 장르의 문화를 접하고 즐기는 데 거부감이 없다. 성격도 마찬가지다. 확고하고 단호한 하나의 성격보다, 나쁘지는 않은데 그렇다고 착하지만도 않은 애매한 성격 덕분에 더 많은 사람과 어울릴 수 있었다. 또한 '애매함'은 자신의 부족함을 알게 해 개선의 여지를 만들어 주기도 한다. 글도, 그림도 애매하게 할 줄 아는 나는 화가의 꿈도, 작가의 꿈도 포기했었다. 그런데 어느새 브런치에 '애매한 인간'으로 불리며 그림도, 글도 쓰고 있다. 부족한 점의 상호보완이라고 해야 할까? 문득 애매한 게 나쁘지만은 않다고 생각하는 하루다.

예전과 같이 열심히 달리고 있지만 분명 변한 것은 있다. 열심히 달리며 트랙 사이에 피어난 잡초를 보게 되었다. 달리는 내 머리 위로 쏟아지는 찬란한 햇빛을 느끼게 되었다. 또한 물리적으로 앞만 보고 달리지 않게 되었다. 나 스스로 내면을 되돌아보며, '나'라는 사람이 어떤 사람인지 배우게 되었다. 그러면서 어느 순간 문득 깨달았다. 내가 달리고 있는 이 트랙은 100m 달리기 경주가 아닌 마라톤을 위한 트랙이라고. 아직도 애매하게 중간을 달리고 있지만 나쁘지 않다. 나 자신이 이미 애매한 인간이라는 걸 알고 있으니까.

아직도 나는 열심히 달리는 중이다. 앞, 뒤의 경쟁자를 의식하며 열심히 살고 있는 중이다. 나는 아직도 애매하게 중간을 달리는 중이다. 그것도 즐겁게! 즐겁게 달리는 중이다.

2021. 10. 20

애매한 인간

채도운

'애매함'이라는 원석

엄마는 카페에
때수건을 팔라고 하셨어

1판 1쇄 인쇄 2021년 10월 26일
1판 3쇄 발행 2023년 6월 8일

지은이 애매한 인간(채도운)
펴낸이 김미영
펴낸곳 지베르니

편집 우승
디자인 나이스 에이지(강상희)

출판등록 2021년 8월 2일
등록번호 제561-2021-000073호
팩스 0508-942-7607
이메일 giverny.1874@gmail.com

ISBN 979-11-975498-1-6 (03810)

• 지베르니는 지베르니 출판그룹의 단행본 브랜드입니다.

• 책값은 뒤표지에 있습니다.